一路轻吟一路人生

叶生华 著

时代出版传媒股份有限公司
安徽文艺出版社

图书在版编目（ＣＩＰ）数据

路轻吟/叶生华著. 合肥：安徽文艺出版社,2019.3（2022.7重印）
ISBN 978-7-5396-6582-5

Ⅰ. ①一… Ⅱ. ①叶… Ⅲ. ①散文集－中国－当代
Ⅳ. ①I267

中国版本图书馆 CIP 数据核字(2019)第 023423 号

出 版 人：姚 巍

责任编辑：秦 雯　　　　　　　　装帧设计：徐 睿
···
出版发行：安徽文艺出版社　　www.awpub.com
地　　址：合肥市翡翠路 1118 号　　邮政编码：230071
营 销 部：(0551)63533889
印　　制：山东百润本色印刷有限公司　　(0635)3962683
···
开本：880×1230　1/32　印张：7.875　字数：180 千字
版次：2019 年 3 月第 1 版
印次：2022 年 7 月第 2 次印刷
定价：49.80 元
···

目录

心情，如絮飞扬

自序　想到了生活与文学

整理完书稿准备交出版社，感觉意犹未尽。再写上几句，也算对即将出版的新书和新书的读者朋友做个交代吧。

想到了文学之路。

20世纪80年代，喜欢文学创作的人比今天的炒房客还要多。那时候我们见面不问"买了吗"，只问"写了吗""发（表）了吗"。我也涌在文学的潮流里，偶有作品像浮头鱼一样露一下脸。我因此被村干部叫去村小学代了三年语文课，被乡干部叫去文化站代了一年文化干事，后来又被"保送"进了广播电视站，入了事业编制，靠玩弄几个文字换来一只饭碗，一直捧吃至今。我那从未出过远门的父母更是惊喜，他们做梦都没想过，怎么凭写几个字就能找到一只好的饭碗啊，他们开始后悔，当年没有让我继续读书。

1984年4月，我出席嘉兴市文艺创作大会，参加文学组活动。这个文学组大概就是嘉兴市作家协会的前身吧。海盐同去文学组开会的还有余华、黄坚亮、王汉升、王海英、欧阳荣良，我是唯一一个来自田野、乡土气十足的作者，我甚至在看见南湖饭店的圆桌上摆满了五颜六色的菜肴时，露出了贼头贼脑的馋相。当时我的心里也馋着，想当作家的欲火正在燃烧。后来余华真的当上了作家，还是国内外著名作家，成为我们羡慕和钦佩的对象。而我因种种原因，文学之火渐渐黯淡，只剩下点点火星和一张合影照片，一直珍藏。

就这样忙忙碌碌走过23年，文学之笔搁置了23年。

2005年年底，在我有了更多自由支配的时间后，藏匿了二十多年依然不灭的文学火星终于掩盖不住，又冒出青烟。2007年3月始，我先后在"新浪"网站和"嘉兴在线"网站创建博客，开始埋头写作。我发现这23年其实并没完全荒废，它使我的生活积累更加厚实，对生活的感悟有了不一样的广度和深度。每当我想入非非的时候，那些曾经的事与人纷纷找上门，排着队等我选择；当我想要记录的时候，那些沾着地气的细节像鲤鱼跃龙门一样跳入脑海，游出创作灵感。重拾文学之笔的这十年，是我业余创作最顺畅、最丰硕的阶段。当我将作品陆续投寄出去，期待着东方不亮西方亮时，甚至萌生了那么点作家的担当感。

2007年至今，我已有150余篇散文、随笔和小小说在公开发行的报刊上发表，有些作品被文摘类杂志转载推荐，有些作品还获得了大小不等的奖项，还出版了乡土作品集《野鸡浜》。每当听到有人说在哪里又读到了我的作品时，我很高兴；当他继续说着作品里的内容时，我就确认他真的阅读过了，便暗暗得意，将他视为知音。当今社会，这样的知音实在不多了。

想到了生活。

时代给了我们如此波澜壮阔的变迁。改革四十年来,变迁就在我的身边,也在我自己身上。

五十年前,我妈每天早上给我做"捞米饭",她自己喝粥汤当早餐。

四十年前,我没见过汤圆是什么样的,"一客汤圆"的往事记忆犹新。

江南水乡多桥,我因桥而梦,屡屡被"桥梦"惊醒。简陋破败的石板桥上,留着童年的心悸。当不再因桥而梦时,就在我家东窗外的杭州湾上,一座世界最长的跨海大桥如长龙卧水,清晰可见。杭州湾涛涛声依旧,世界已缩短距离。

丈母娘的衣柜里挂满了新衣服,来不及穿。可儿子、儿媳和三个女儿照例给她添置新衣。老太太给急得,逢年过节儿女齐聚时把新衣服一件件拿出来展示,劝说儿女们别再买新衣了。"丈母娘的时装秀"如期上演。

除夕一早全家人讨论"年夜饭菜单",吃腻了荤菜后想吃绿色蔬菜,这年过得是丰盛了还是清苦了?

小区里停满了私家车,本来不想买车的王先生心痒痒了,王先生在梦里演绎了一段"买车"趣话。

……

往事历历在目,变迁述说不尽,我将它们一一写进了这本书里。

变迁,无处不在,大的令我炫目,小的使我感怀;远的让我怀念,近的展我欢颜。

每次车行在如蛛网似的高架枢纽上,俯视车流滚滚,我难抑激动。曾不止一次跟家人或朋友说,如果我对今天的生活还不知足,那叫没良心。我们投身于改革也受惠于改革,应常怀自信与感恩。

想到了文学与生活。

关于文学与生活的关系,俄国文艺理论家车尔尼雪夫斯基较早提出了较为完整的概念。他说,没有生活原型或者现象就没有文学艺术创作的源头和灵感。也就是说,生活中的所有点滴小事都可以是文学艺术的素材。作家通过艺术手段的加工,使文学作品更加生动、耐人寻味。所以说,文学艺术来源于生活而又高于生活。

而我说,文学与生活是一对亲兄妹。生活先来到了这个世上,后来又诞生了文学,所以生活是哥哥,文学是妹妹。生活就是过日子——特别踏实,文学喜欢幻想——富有情趣,生活与文学结合在一起,日子便有了浪漫的情调。没有生活便没有文学,但如果只有生活而没有文学,那生活就缺了一个有趣的伴,生活就会单调和枯燥。所以文学与生活紧密相伴,兄妹俩相互依托,谁也离不开谁。

《一路轻吟》遴选了我最近十年来在全国各地报刊上公开发表的部分作品(剔除已经出版的部分作品),共计七十多篇,十多万字,体裁为散文或随笔,书里呈现的内容就是四十多年来的生活——关于生活的变迁以及变迁过程里的阵痛与欢欣。

耳边似有翻书页时的窸窣声响。仔细阅读便能发现，生活与文学这对亲兄妹就活跃在我的书里，它们相依为命、和谐相伴，交相辉映在字里行间。回想我的创作，就是生活与文学融合的过程。当生活向我招手时，创作灵感便兴奋不已；当文学朝我微笑时，我感受到了生活的美好，些许成就感和自信心溢遍全身。

说到底，这是一本普通人写普通生活的书。

普通人的生活平凡而琐碎，而文学恰恰喜欢生活的细节。一滴水能够折射太阳的光辉，生活的细节最能逼真而生动地呈现时代的变迁。

如果读者朋友读完这本书后，能够引起对曾经生活的怀念，能给今天的生活带来欢欣，为未来的生活增添信心，那我就十分满足了。

叶生华

2018.8.8

飘逸，那些尘烟

一本书的记忆

从小到大读过不少书，但对其中一本书印象独深，这是一本厚厚的用红色塑料皮包装的书，上面烫着六个凹进去的字——《赤脚医生手册》。

《赤脚医生手册》不是学生读物，可我们这帮初一学生像得了至宝，捧在手里既兴奋又紧张，生怕被同学夺走，更怕被老师发现。得到阅读权的同学一般都躲得远远的，不让其他人尾随，在僻静的一角迅速翻阅，没几分钟就逃回来了。男同学很激动，脸涨得通红地说："难为情死了！"看过书的女同学则是满脸绯红，呼吸急促，低头快走，一言不发，大家表情复杂，有的同学还有些尴尬和愤怒地说："下流、流氓！"然后赶紧将书甩给下一位同学。这些奇怪的表情让旁边还没轮到阅读的同学莫名其妙，就追问看过书的同学，结果被问到者或笑而不答，或摇头躲避，都不肯说，这样就更增添了神秘感，吊足大家的胃口。

这本《赤脚医生手册》是Z同学从他叔叔那里偷出来后拿到学校的。他叔叔是赤脚医生，每天戴个草帽背着药箱子在村庄里巡回出诊，给村民配药打针。Z同学说这本书放在叔叔房间里，叔叔有空时就拿出来学习。有一天他翻了那书，看到书中有张画上画着自己身上的性器官，还有女人的，吓了一大跳，立即合上书逃掉了。后来他总是想起那张图，越来越想了解书里讲的是啥内容，就悄悄将书偷出来读，读得心狂跳脸发烫，控制不住兴奋的情绪，有了一点点莫名其妙的冲动，让他既愉悦又难受，不知道自己接下来该做什么。

这天下午，同学们上课时都有点心不在焉，老师几次点名走神的同学，还用板擦敲了桌子，提醒同学集中注意力听课，但效果不明显。我猜想看过书的同学正在回想书里的内容，这些内容可能对他们有了刺激，因为平时他们看书后不是这样的；没有看过书的同学可能在想象书里的内容，他们一定被那本神秘的书吸引住了，于是就按照自己的思路想象着书里的内容，因为我也在想象着，老师讲课的声音听起来很遥远。

终于等到放晚自习了，我与Z同学商量，用一支圆珠笔换《赤脚医生手册》一个晚上的阅读权，Z同学勉强同意了，我就将书带回家里阅读。那天吃过晚饭，我就很自觉地去房间里做作业了，将门闩插上时我的心开始怦怦乱跳。我先粗略地翻阅了《赤脚医生手册》，里面内容很多，从常见的咳嗽、腹痛、呕吐，到复杂的心脑血管疾病；从灭蚊、灭蝇等除"四害"防病知识，到核、生化武器的防护；从针灸、草药到常用西药，无所不有，简直是一本"全科医疗医药"宝典。这些内容我都不感兴趣。当我翻到《生理卫生》章节时，心狂跳脸发烫了，我第一次看到了男人和女人生殖器官的图画，这种内容在当年是看不到的，也是不能看更不能说的，否则就成"流氓"了。我赶紧将书藏入书包，听外面是否有人进来，我很紧张，害怕自己会成为"流氓"。

我于是开始埋头写作业，想平静自己翻腾的情绪，可是平静不了，心思全在那书上了。

终于抵挡不住诱惑，重新拿出书阅读，我看到了关于青春期生理、心理变化，男人、女人生殖器构造及功能的描写，还有男人精子的生成、女人月经的由来、健康的性生活、精子与卵子结合的后果……我的脸烫得快淌汗了，可是我的心里已经从紧张变为被吸引和投入。我好像在密不透风的墙壁上凿开了一个洞，窥视到了另一个世界，那个世界老师从未讲过，其他书上也没读到过，大人们总是躲躲闪闪。

《赤脚医生手册》第二天继续在同学中传阅。仅仅过去了一夜，看过书的同学好像成熟了许多，他们不再对这本书躲躲藏藏，开始悄悄议论书里的内容。还有一些奇怪的变化：有些男同学原来对女同学很淡漠，现在说上话了；有些原来有交流的男女同学却突然变得陌生和疏远了。

书传到女同学 S 手里时已经是第二节课下课了。S 同学课间休息没离开课桌，她将书藏在放书包的位置上，将头埋在桌面上看。上课铃响的时候，我看见 S 同学趴在桌子上哭，哭得肩膀耸动，同学们惊奇地望着她，不知道她为何而哭。这事惊动了老师，后来又惊动了校长，我们都被叫去调查谈话，接受批评教育。再后来，看过此书的同学被批评警告，Z 同学在全校早操会上被点名批评。

这件事早已和当时那个年代一起成为一段历史，我们这帮同学也都人到中年。可是，关于一本书的记忆是抹不去的。据说当年《赤脚医生手册》的发行量仅次于《毛泽东选集》，先后被翻译成50多种文字在全世界发行,时至今日,在一些西方国家的书店里仍然可以看到英文版的《赤脚医生手册》。出版者的初衷是为了普及基础医疗和医药知识,为乡村赤脚医生提供一本工具用书,没想到这本书当年还悄悄满足了整整一代人的另一种需求。

　　(刊于2009年3月5日《郑州日报》、《青年文摘》2009年第1期、《特别文摘》2009年第5期)

第一天上课吃了"下马威"

还清楚地记得我第一天上课的情景。

那是小学六年级的一堂语文课。跨进教室门前,我想起了校长的嘱咐:班里有几个调皮的学生经常捣蛋,纪律很糟糕,管住了他们就等于管住了全班。我有些紧张,深呼吸,放松一下心情,走进教室。

我看见了满教室的娃娃脸上挂满了新奇、探询和诡异的表情。我知道同学们此刻面对我这位新教师时的心态,因为我也刚刚从学生时代走过来。走上讲台,我将目光扫视一圈。

班长喊话:"起立!"教室里发出乱哄哄的响声。

我说:"同学们好!"

"老——师——好——"声音响亮,但很杂乱。

没等我将"坐下"说出口,一位同学已经"扑通"一声坐到地上了,引起哄笑。

班长举手报告:"老师,是张留明将凳子移开了。"

班长手指处,有位身体高出一截的男同学在低头偷笑,还得意地晃动着身体,对于班长的"揭发"似乎无动于衷。我狠狠地瞪了他一眼,他看都没看我,显然对我这位新来的教师也不在乎。

　　说句不客气的话，凭我的语文功底，我对教小学的语文课是充满自信的，我担心的是课堂纪律，校长担心的也是课堂纪律。我是临时接替一位调走的老师来代课的。班里最大的问题是纪律松懈，乡村的孩子野得很，据说调走的那位老师曾经被学生吵得上不了课。我理解校长为什么那么重视纪律问题，他一定心存隐忧。没有好的纪律就不会有好的学习环境，这个我懂，所以我得首先想办法管好班里的纪律。

　　离下课还剩下十来分钟的时间，我布置好作业，让前排的同学往后传作业本。第三组坐在最后一排的两位同学的作业本没了，据最前排的同学说，他往后传时看见有这两位同学的作业本，一定是中途被哪位同学截留了。

　　我问："是哪位同学拿了别人作业本？"没人回答。

　　我又说："谁拿了别人作业本，请主动交出来！"还是没人应答。

　　大家互相看着，有很多同学盯上了坐在第三组倒数第三排的张留明。张留明低着头，两只手按住作业本不动，有些诡秘地笑着。

　　我走过去："把作业本翻过来看看。"

　　没有反应。我拉他的手，他的手在暗暗使劲，定在那里，没拉开。我怒从心生，一用力，将张留明的手拖开，听见"哗啦"一下，张留明的作业本封皮撕破了，从下面又掉出两本作业本。

　　真相大白。简直是故意挑衅，对这样的顽皮学生不采取点措施，以后的课就没法上啦！我气愤得想一拳砸上去，可是我控制住了，我知道教师不可以这样做。

"为什么要恶作剧?"我强忍怒火,提高声调责问。

张留明还是面带笑容,头像鸡啄米一样一点一点,漠视我的愤怒。火气再也压不住了,我一把将张留明拖上讲台,他的头还是顽固地一点一点,没有惧色。全班同学看着讲台,他们在观察事态发展趋向,看我如何处理僵局,其中还有几个同学在蠢蠢欲动、趁乱起哄。碰上"不吃硬"的了,我在心里想。感觉告诉我,对这样的学生不能正面强攻,我得改变策略,否则会在全班同学面前丢了面子失去威信。

我将张留明带进教师办公室训话。我说一句,张留明的头就往前点一下,那样子包含着不服和挑衅的意味。我一把将他头按下去,我像按了一个大弹簧,还没按到底,就反弹上来,我感到了反弹的力量强于按下的力量,我的内心震慑了。

一匹烈马!我第一次亮相就吃了个"下马威",感觉到心头沉重,如何驯服这匹烈马,是我后来几天要认真对待的问题。

同事告诉我,以前的任课老师经常将张留明叫到办公室,这里就像他常来常往的家。原来我使的这一招早已无效了,难怪张留明站在办公室感觉比我还适应。有学生告诉我,以前的老师也经常拉张留明到讲台上罚站,好几次都是老师还没拉,张留明就自己走上去了,这样的罚站他已经习惯了。看来,这一招我又重蹈覆辙了。

我泡了一杯茶,坐下来静静地反思我的问题出在哪里。茶叶在热水的浸润下伸展着四肢,它们吮吸水分,感受温暖,缓缓舒张,徐徐下沉,它们就像一个个守纪律的学生,坐到各自的位置,静静听课,认真做作业。杯中茶水碧绿清香,我轻轻呷一口,顿觉心头一亮,我似乎悟到了什么,我知道自己该怎样做了。

放晚学时,我微笑着将张留明请到办公室。

"坐吧。"我指着对面的一把小椅子,仍然笑嘻嘻。

张留明疑惑地望了我一眼,没坐。我的热情友好让他感到了意外,我看见他的手在摆动,好像没了地方放,也没有了上午不服与挑衅的表情。

"坐吧。"我按了按他的肩头,稍用了些力,他坐下了。我倒了一杯水,还是笑嘻嘻地递过去。

我说:"老师请你来,是要向你检讨。"他瞪着眼睛,有些吃惊。

"上午我错了,我不应该拉你上讲台罚站,也不应该按你的头。"我不再笑嘻嘻,很诚恳。

张留明望着我。我知道他的目光在我脸上扫视,他在寻找、核实,他在为心中的疑团或者为解开疑团查找证据。

第二天,我又走进教室走上讲台。

班长喊起立,我立即挥手示意坐下。

我说:"同学们,今天老师不需要你们起立,今天应该老师起立,向你们作检讨!"

全班肃静,惊讶的目光紧盯讲台,同学们不知发生了什么事。我以诚恳的表情和缓缓的语速继续说:

"首先,我要向张留明同学检讨。"我走到了张留明身边,"老师对不起你,昨天,我不应该拉你到讲台上,不应该按你的头,老师错了,向你道歉,你能原谅老师吗?"

张留明将头低下了,两只手托住额头,他没回答我的话,他的脸有些红了，没有了昨天诡秘的笑。我边说边回到讲台。

"我还要向虽然昨天没被我拉上讲台但跟着起哄的几个同学检讨。说实话，昨天老师在心里恨过你们。我错了，你们是老师的学生，老师不应该恨你们，向你们道歉，你们能原谅老师吗？"

教室里一片寂静，没有人发出声音，那几个昨天起哄的同学也低下了头。

"同学们想一想，大家从各个村子集中到这里，是来干什么的呢？有一个同学，他爸爸因病去世了，妈妈一个人管着两个孩子，干活挣钱给孩子买衣服、吃饭，让孩子上学。有一天妈妈生病了，躺在床上起不来，眼看中午放学时间快到了，妈妈硬撑着起来做饭，怕误了孩子下午上学。做完饭，妈妈实在撑不住了，晕倒在床上。两个孩子回来吃饭，以为妈妈睡着了，没叫她，吃完饭又去了学校。妈妈醒来时已经下午四点多了，她又硬撑着起床，洗碗、做晚饭，等着放学回来的孩子……同学们，这是一个真实的故事，那个同学就在我们学校。你们知道这位病中的妈妈为什么能够有这么大的力量吗？因为她心中想着在学校读书的两个孩子，她一直相信两个孩子在学校会认真学习，盼望着他们学出个样来，这是她的希望，是希望给了她力量。"

同学们专心听着我的故事。

"请大家闭上眼睛，想象一下，你们的父母现在在干什么？"

同学们闭上了眼睛，他们开始想象家里的父母。教室里静悄悄的，偶尔发出轻微的哭泣声，有几个女同学在流泪。

我点名请一位含泪的同学回答她想到的："我爸爸这几天

脚疼,肿得厉害,妈妈叫他别去干活了,爸爸说家里负担重,要挣钱。今天一早爸爸又出去干活了,他走路脚是瘸的,刚才我看见他被一块石头绊了一下,痛得站不起来了……"这位同学抽泣着说不下去了。

"是啊,同学们的父母此刻都在田头干活,闷热的太阳晒着他们,他们累得气喘吁吁,浑身汗湿了,有些父母身体不好,不舍得花钱看病,还坚持干活。父母们为什么要这么艰苦呢?还不是为了你们吗?你们的父母和前面讲到的那位妈妈是一样的,他们都指望着你们好好念书,将来有出息,过上好日子……你们是父母的希望啊!可是大家想一想,你在学校里干了什么呢?"

教室里静得出奇,轻轻的抽泣声在蔓延。我停顿一会,然后将话题收回来:"同学们啊!老师昨天有错要向你们检讨,可是大家也应该想一想自己有没有错,错在哪里,以后该怎么办,好吗?"

说完,我转身在黑板上写下两行字:

我想对老师说……
我想对父母说……

这是那天的作文题目,我让同学们任选一个,结合自己和班里学习与纪律的情况认真思考一下,然后将心里想的写出来,对自己父母或者老师说说心里话。

第三天一早,我收到了全班学生的作文本,整整齐齐一大沓,一个不少。翻开本子,一行行生动的文字跳入眼帘:

　　我想对爸爸妈妈说，你们太辛苦了，我会遵守纪律好好学习，让你们放心……

　　老师，你没有错，是我们不好，我会改掉坏毛病的……

　　老师，你说得对，当我每天背着书包走进学校时，要想一想我来干什么；当我背起书包放学回家时，要想一想我今天干了什么……

　　我急着找到了张留明的作文本，翻开本子，看见他只写了短短两行字，字迹歪歪扭扭，但一笔一画很清楚，看得出来，是很认真地写下来的：

　　我想对老师说……老师，昨天是我错了，你没有错，应该我检讨，我对不起你，我保证以后会改好的。

　　我在作文的右上角批了"特优"两个字，然后又在作文评语里写道："你是个好学生，知错就改就是好学生，老师相信你，以后我们相互监督，一起努力，好吗？"

　　我轻轻合上作文本，心头有股喜悦在涌动，眼前感觉很明亮。我端起茶杯，喝一口，让温和清香的茶水缓缓流淌浸润，沁入心肺……

（刊于《学校党建与教育》2009 年第 12 期）

三分自留地

农民爱土地，因为土地是命根子。在改革开放前，土地都是由集体经营的，村民家里只允许留少量的土地，所有权是国家和集体的，使用权归家庭，村民们将这块土地称为"自留地"。

各家自留地大概有二三分的面积，一般都在坑洼不平或偏僻路远，不适合集体种水稻的地方。说是使用权归家庭，其实种什么也不完全由村民自己说了算，一些瓜果之类的经济作物是明确规定不允许种植的，种了就成"资本主义"了，村干部是要割"资本主义尾巴"的。村民们害怕被"割尾巴"，于是老老实实种一些仅供自己家食用的蔬菜作物，如青菜、萝卜、南瓜、茄子之类。

我家的三分自留地在村子的东南角，父母在自留地四周插上了一种叫紫荆的灌木丛，这种小树生命力旺盛，很快将地圈成了一堵围墙，与邻家的自留地隔开了。记得有一年，我家在地里种了几个西瓜，天热时西瓜的藤蔓蹿到了紫荆树顶上，又攀缘到了邻家的自留地里。那天母亲回家时脸色都变了，担心被邻家发现了报告上去。晚上邻居家的阿姨来我家，让我母亲将西瓜藤整理一下，别让人发现了。母亲连声说感谢，阿姨说她家也种了西瓜，还种了几个草瓜，现在都已经开花了，有的结出了小瓜，万一因为我家的西瓜藤引起别人注意，由此顺藤摸瓜还会牵连到她家，大家都会倒霉了。原来如此，母亲长舒了一口气。

都说农民种地天经地义，可是在那个时候，农民种地却胆战心惊。那种集体大呼隆出工不出力的生产体制是产生不出高效益的，农民挣工分换粮食、柴草，一年忙到头只换来勉强温饱。早上和傍晚的休息时间，村民们兴冲冲跑去耕耘自留地，却不能自己决定种什么，空怀一腔对土地的热爱。这样的年代是难以实现物质丰裕的，难怪那时候买什么东西都得凭票。父母曾经感叹：啥时候真的有自己的土地呢？

党的十一届三中全会后，父母的梦想真的实现了。我家承包了9亩水田，我的父母为田里种什么、何时种讨论了好几个晚上，他们越说越兴奋，沉浸在满满的希望里。后来的几年里，我家和村里人一样，日子越过越舒坦了。

刚刚闭幕的十七届三中全会又做出了进一步深化土地改革的决定，要在现有土地承包关系保持稳定并长久不变、尊重农民意愿的前提下，通过赋予农民更加充分而有保障的土地承包经营权，进一步解放和发展农村社会生产力；以建立新型土地流转新机制为核心，在依法、自愿、有偿的条件下可以流转土地了。这是一大福音啊，可惜我的父母享受不到这份福气了，他们已融入深爱着的土地。

我还清楚地记得父母曾在三分自留地上勤于耕耘、精心管理的情景；还记得母亲看见在西瓜藤攀缘到邻居家地里时惊恐的面容;还记得父亲拿着票子买回来一点点食物而无法满足我们胃口时的愧疚……曾经在三分自留地上,农民们栽种着遥远的梦想,生长着现实的希望。

(刊于 2008 年 10 月 26 日《中国社会报》)

农夫与蛇

匆匆走在田埂上，两边野草丛生。草丛里突然钻出一条蛇，扭动水一样的身段，在我脚前游出一个"S"形。

"啊！"我急速后退，一脚滑下了田埂，浑身毛骨悚然。我不敢再往前，只能原路返回，低头看着脚下，怕再游出一条蛇……

蛇，不考虑我的心理，在我当农民的许多年里，与我纠缠。

盛夏，知了在树枝上哭喊着暑热难熬，田里的早稻却露出了成熟的微笑。我与父母一起下田收割早稻。

镰刀是母亲在父亲抽烟的时候磨的，它张开锋利的刀刃，等待夏天的收获。我弯下腰，一手握住稻秆，一手挥动镰刀，"咔嚓嚓"，刀起稻落。父亲说，稻把要放整齐，不大不小，打稻时才会方便和少掉落。我再次刀起稻落，母亲提醒我，两脚要分开一点，将身体摆成一张弓形，才用得上力。父母在劳动中摸索出了熟练的技术，田野，是他们世代拼搏的战场。

汗水早已湿透衣裳，腰酸背疼向我袭来。我擦把汗继续弯下腰，一条蛇！就在我的面前，盘成了一圈，伸着头，吐着舌头。"蛇！"我一脚蹦出老远，站着不敢动了，怕蛇悄悄迂回过来，在我的脚边出现。

喊声把母亲吓了一跳，她慌忙站立张望。母亲也怕蛇，田野里到处有蛇，可她几十年来与蛇为伴。

第一次下田劳动，我被蛇吓破了胆。但愿以后不当农民，因为我怕蛇。

命运不解我意，还是让我当了农民。

高考落榜，工作组短命，代课没出路，只有田野愿意接收我。跨进田野第一脚时，首先想到了蛇。蛇啊，不是喜欢你才想到你，是怕你才想到了你，你能高抬贵手吗？

母亲说，她常常被蛇吓得心要从喉咙口跳出来，吓得不敢再将手伸出去，可不伸手不行啊，谁让我们是农民呢？不干，吃啥？母亲已经头发花白，有多少白发是累出来的？有多少白发是被蛇吓出来的？

正逢盛夏。父亲说南边的二亩早稻被麻雀吃得厉害，今天收割了。我拿着母亲磨好的镰刀下了田，虽说割稻技术还不熟练，可我有力气，镰刀在手下飞舞，三下五除二，我割到父母前面了。继续发力，刀起稻落时，有条黑影窜过来，镰刀挥过去，钩住了，一刀两断。血……啊，蛇！蛇被割成了两段，尾巴还在蜷曲。刀尖上有血，是蛇血！我手一甩，镰刀不知飞到哪里了。我握镰刀的手难受，不知是痒是恶心还是脏，对蛇的恶心从镰刀上传导过来，漫延到我整个右手，真想将手甩了。

母亲走过来，看见两段死蛇，也颤了一下，但很快稳定了。母亲说，别老是记着蛇，忘了就没事了。

我在战战兢兢中继续割稻，蛇的幻影经常在眼前出现，没法把它忘了。突然，又一条黑影，蛇！我又跳出老远，吓出一身冷汗,回头看时,原来是一根晒黑了的蚕豆梗横在那里。母亲望着我,露出理解和爱怜的目光,无奈地摇了摇头。

中午,知了正在树枝上哭喊热时,我和父亲早已将打稻机安装到了稻田里。父亲说,下午要将两亩多稻谷收进家,田离家远,任务很重,要抓紧一点。母亲带着水壶来了,她递给我一副手套。我知道母亲的用意,我说:

"戴着手套我也怕……"

"说啥!"没等我将"蛇"说出口,就被母亲凶回去了。她不希望我经常提到蛇,她希望我干活时忘了蛇。蛇随时出没在身边,我忘得了吗?

老天保佑,但愿下午别遇见蛇。

打稻机滚筒飞速旋转,我和母亲捆稻把打稻,父亲在打稻机后备厢里畚谷,然后将一担担稻谷挑回家里的晒场上。两亩多稻田里躺满了密密麻麻的稻把,它们像列队的士兵,静静等待着我和母亲检阅。我手里拿一根用稻草扎成的草带,弯腰将一把稻捆紧,放到打稻机滚筒上,让飞速转动的铁齿将谷粒打落下来,然后将稻草丢到岸边。我看见母亲在弯腰捆稻把的一刹那,身子跳了一下,好像受了惊吓,但她很快镇定下来,用手翻了翻稻把,似乎在检查什么,然后捆起了稻把。我想到了蛇,母亲可能碰到了蛇,她怕影响我,所以没声张。

我的手伸进去时,有了痒痒麻麻的感觉,不敢伸下去。听老人们说,太阳底下的稻把里最容易藏蛇,蛇也怕热躲在下面歇凉。没办法,我得将手伸下去,翻起稻把看看,有东西在动,我一脚跳开,还好不是蛇,是一只蟾蜍。该死的蟾蜍也来凑热闹,吓我一跳。捆起稻把往打稻机那边走,脚下闪过一条蛇影,啊蛇!我惊叫起来。父亲从我脚边捡起了一根桑树枝,然后叹了口气说:"你这样怎么做农民啊!"

父亲的肩膀已经疼了,我与他换换活,让他歇歇肩。打稻机的后备厢里落满了稻谷和夹带进去的稻草,这里面不会有蛇,我可以放心地干。我将手伸进了厚厚的稻谷堆里,使劲往畚箕里装,然后倒入箩筐里。我的手抓着了一个毛茸茸软绵绵的东西,连同一把稻草抓上来……蛇! 一条小蛇被我抓在手上,正将头转过来,血红的舌头一闪一闪,妈呀,蛇啊!

我的妈呀,怎么到处是蛇呀!

蛇是害虫的天敌,可有许多人天生怕蛇,我和我母亲就如此。那时候农村还保持着良好的生态,田野里活跃着各种蛇。蛇也怕人,但我们更怕蛇。对蛇的害怕,是来自于骨子里的,虽然知道它不会轻易咬人,大多数蛇无毒咬了也没关系,可是我就是怕蛇,一见到它细细长长软软的身段就身上发寒,要是身体碰着蛇了,那就是心惊肉跳、失魂落魄的怕。

第二年的春天,家里养了两张蚕,每天上午、下午要去桑地剪桑条回来,然后采叶喂蚕。那天我拿了一根麻绳和一把桑剪去了地里。把麻绳横放在地上,将一根根长满桑叶的枝条剪下来,堆放到一起,然后收起麻绳捆紧,甩上肩膀,扛回家。

路很远,肩上一大捆桑条与身体一起颤动,正走得气喘吁吁、腰酸脖子疼时,突然感觉脖子一侧有毛茸茸的东西在蠕动,顺着身体往下蠕动,然后掉下来了——蛇! 天哪,一条小青蛇从我身上爬下来!

我从来没有这样惊慌与害怕,将整捆桑条甩得远远的,逃出了好远,惊呼声引来了田里干活的老乡,他们上来察看,蛇早已逃得不知去向。

我依然傻傻地站在那里,惊魂未定。

这天晚上,我做噩梦了,我的床头围满了蛇,它们一起吱溜吱溜从床的四周爬上来,爬上来……

"啊,蛇!"我惊醒了,吓出一身冷汗。

田野是农民的职场,也是蛇类繁衍生长的地方。农民的职业是种田,与泥土杂草打交道,也免不了与蛇为伴。我在做农民的日子里,常常沉浸在怕蛇的噩梦里。

如今,噩梦虽早已过去,但我时时不忘怕蛇的日子。有许多农民也和我一样怕蛇,但他们就像我母亲那样,无奈地忍受着、顽强地坚守着,为了在知了的哭喊声里迎来年年稻谷成熟的微笑。

一日三餐,我始终记着:做农民,不容易啊!

(刊于 2009 年 2 月 21 日《库尔勒晚报》)

亲历地震这一天

那是胆战心惊的一天。预报说地震就在这天发生,全村的人都在紧张等待着。

几天前就在传说要地震了,有人还说起了地震后的惨状,虽然是夏天,但听的人身上都发冷,还起了鸡皮疙瘩。这几天生产队长的权威有了史无前例的提高,几个平常硬着脖子不听队长使唤的人,也去了队长家里了解情况。队长刚从村里开会回来,带来最新消息,地震最可能在这天接近中午时开始。

这一天的太阳照例从东方升起来,很早的时候还露出了红红的笑脸,气温还是那样高,清晨的风里就捎来了丝丝暖意。我家的猫躺在灶角边伸着懒腰,昨晚它坚守在岗位上,此刻有了倦意,想美美睡一觉。所有的一切都没有看出异样,广播里每天播送着地震前的征兆消息,可我一点都没看出来。队长根据上级指示,还是按时分配活,据说组织人去地里干活有利于安全躲避,因为躲在家里一旦地震来临危险度比野外高几十倍。父母走出家门时特别叮嘱我注意听广播,地震开始时立即逃出屋内。

学校放假,我约了几个小伙伴在家里边玩边等待地震。广播高高地挂在墙壁上,已经停止了上午的播音。要是关键时刻广播坏了,错过了听地震通知,屋内几个人都会被压成肉饼。广播是救星,我们开始检查广播是否有问题。用几只凳子搭成梯子,下面几个人扶着,我爬了上去,旋开开关盖看看,里面铜片锃光发亮,再摁摁插头,也蛮结实,将线接头卷卷紧,我突然听到了喇叭里嗡嗡的电流声,说明广播通着电。

没到中午广播时间,广播就响了。放了一会音乐,播音员又在说一些地震知识,这些话已经听腻了,有些内容我都能背下来。接近中午的时候,广播里出现一个陌生男人的声音,是县委王副书记。王书记说了很多有关地震的话,强调了如何避险避灾,还强调了领导对这次防震抗震工作的要求,最后王书记将语调拉高了说:"现在我宣布,地震马上就要开始了!"

我们早已吓得屁滚尿流,逃出了屋。

我逃到了屋前一片桑树地里,选择一棵粗壮的树紧紧抱住了,两只脚用力撑住地面,以防地震时人倒下去。我闭上了眼睛不敢看周围,眼前出现了我家房屋倒塌的景象,耳边有瓦片掉下时的噼啪声,我的身子有了晃动,两只脚开始摇摆……我慢慢睁开眼,一切还是原样,我家房屋还耸立在那,瓦片在屋顶上整齐排列着,我也好好地站在原地,抱着的老桑树在风中摇晃。

王书记不是说地震马上就要开始了吗?怎么还不见动静?有个小伙伴在桑地的那一头探出一个头,问我地震呢?我说还没来,再等等吧。我们在桑地里等着,一直等到父母收工,才各自跟父母回了家。

父亲表扬了我,说我们做得对,以后听到地震通知就赶紧往桑地里逃。不一会,家家户户房顶飘出了炊烟,此时风也小了,炊烟直直往上冒,像在家家户户房顶上竖起了根根柱子,有人说这种平静是地震前的征兆。

王书记的预言并不灵验,等到下午时地震还没有踪影,后来广播也不响了,王书记更是悄无声息了,但村里人的神经还松不下来,担心地震推迟到晚上发生。晚上村小学操场上放映露天电影,我们都去看了。电影场上人山人海,全村人倾家出动,既看了电影又避了险,这是村干部在特殊之夜充满人情味和科学精神的安排。电影散场后,我们回家了,但没有进屋,搬个凳子在野外乘凉说闲话,村庄里到处是一拨一拨的人群,或高声喧哗,或窃窃私语,有胆小的和心事重的说着说着就流泪了,还有细心的人家早已将值钱东西搬到了屋外。母亲叹了一口气说,唉,要是真的地震了,辛辛苦苦撑起来的这个家就完了。父亲抽着烟说,人的命都快保不住了,还想它做啥?烟头上的火一明一暗照出父亲的脸,我看见了皱纹里藏着深深的忧愁。是啊,大家都希望王书记的预言不再灵验,情愿让王书记丢一次脸,也不愿让地震真的发生。

夜已经很深了,关于地震、关于生命、关于过日子、关于东家长西家短的话题已经说得差不多了,我听见了人群里不时传来打呵欠的声音,声调在逐渐拉长。紧张和忙碌了一天一晚,大家都困了,想到了屋里那张床。父亲站起来说,去睡吧,醒着点,一有动静就赶紧逃出来。我跟着父母去了屋里,一骨碌上了床,两张眼皮早已沉重得抬不起来了。

不知道睡到几点,我被"快逃快逃"的叫喊声惊醒。睁开眼时,看见母亲站在床前一脸紧张地催我快起来,我听到了"地震"两个字，像弹簧一样蹦了起来，一脚窜出房门。穿过正厅时，脚踩进放在客厅中央的一大堆米糠里了，嘭的一声，像踩上地雷爆炸了，突然有了天崩地裂的感觉。我抽出深陷的双脚，一步跳到大门口，又是嘭一声响，额头撞门闩上了，只看见眼前冒出金星，却没有疼的感觉。打开门闩，飞奔出门，屋外已经人声鼎沸，邻居们大多逃出来了，站在空地里惊慌失措。还没逃出来的人和正在逃的人大声惊呼着，有的还哭爸喊妈的，这个时候谁也顾不上自己的面子和里子了，演的都是真人秀。我们都在互相询问：地震了？谁也回答不了，只能紧张地张望和清点自己家的人数，整个村子里人声一片嘈杂。

　　站在空地里惊慌了好一阵，还是不见有地震的迹象。家家户户的房屋还耸立着，在黑暗里勾勒出方方正正的黑色轮廓，没有半点晃动和弯斜，天上星星和月亮还亮着和昨晚一样的光，菜地里的虫子正无忧无虑地叽叽咕咕叫着。

　　我们的村庄开始静下来了，北边的村庄里却响起了惊慌的呼叫声，然后也是一片嘈杂，那种声音像传接力棒，在不断传递扩散，他们正在上演着我们刚刚结束的一幕。村子里第一个发出地震呼喊的人说，他是听到了南边村子里的大声惊呼才以为地震开始了。后来我们才知道，是南边很远的某个地方有小偷盗窃别人家放在屋外的财物，被人发现后引来全村人喊抓贼，惊慌嘈杂的声音传到北边村子里，村里人以为地震了，也跟着惊慌嘈杂，声音由南而北一路传下来，震醒了所有的人。

（刊于 2008 年 11 月 6 日《南湖晚报》）

七客汤圆

第一次去店里吃汤圆，看见价格牌上写着很多品种，我将目光停在"汤圆"上了。我还没吃过汤圆呢，就买来汤圆尝尝。再看牌子，上面写着"每客五毛钱"。客？客人、客气的"客"，什么意思？一客的量又是多少？问售票员吧，话到嘴边又闭紧了，如果一张口，"乡下人"的馅就露了，观察观察再说吧。

走进一位六十来岁的老太，拿了个大大的搪瓷杯子，大模大样走到柜台前说："买七客汤圆。"麻利地付了钱，取了票，走到了取货窗口。老太太能吃七客，那我吃六客是必须的了，对，就先买六客吧。我也麻利地付了钱，取了六客汤圆的票子，走到取货窗口等待。我看见老太太已经拿到了七客汤圆，一大堆呢，没煮，一边往搪瓷杯子里装，一边与里边的人说话。

"阿姨今晚又买这么多呀？"里边的人在问。

"是啊，儿子、媳妇他们上夜班，得准备夜宵啊，还有孙子也要爬起来吃，有一大帮人哪。"老太太回答。

啊！不是老太太一个人吃呀？我攥着手里六客汤圆的票，知道误会了，不知如何是好。不能慌张，我得若无其事，我灵机一动有了办法。走到卖票柜台前，我给卖票的小姐赔了个笑脸，然后说我的同事不来了，所以将多余的五客汤圆票退了。小姐迟疑了一下，没有说话，取了我手里的票，低头找出两元五角钱，同时搭配给我一个白眼。

我一个人坐在桌前，舀起一只汤圆，带着水，呼噜一下吸进去。哎哟，差点将我烫死！我的舌头火热火热还麻麻的，吸几口凉气降降温。那个送我白眼的卖票小姐正看着我呢，她终于露出了笑脸……

（刊于 2008 年 12 月 5 日《南京晨报》）

吃 面

本来不喜欢吃面,忘了从哪年开始,我突然喜欢吃面了。

小时候跟着父亲去沈荡老街,中饭就在面店里吃面。我知道,父亲选择吃面,是想省钱。一碗阳春面才几分钱。父亲走到柜台前点了两碗,一碗大,一碗小,然后很麻利地掏出钱,递给柜台里一位女服务员。父亲坐到我对面,那些正在吃面的人坐在我们周围,不正眼看我们,只管自己呼啦啦地吃面,好像吃慢了会有人过来抢,吃得额头上流了汗。父亲的目光从对面一碗面上移过来,父亲说:"今天我们吃面,很好吃,你闻闻那个香啊……"

父亲真的在闻空气里的面香,鼻孔在翕动,那面香味与空气一起,在鼻孔里进进出出。有肉丝面的味,有猪肝炒韭芽的味,更多的是阳春面里的蒜香油香味。可是我不喜欢吃面,虽然空气里的面味我也喜欢,特别是韭芽与猪肝炒在一起的味道,让我流着口水。我喜欢吃米饭,我情愿买一碗米饭,然后闻着空气里的韭芽猪肝味当小菜,吃饭。

父亲说,已经点了面了,吃面吧。我不敢违反父亲的旨意,不吱声了。

面来了,父亲将大的一碗揽到自己面前,将小的一碗推到我面前,说,吃吧。父亲将两支筷子岔开了,插入面里,往上一挑,一大筷子面条挂在筷头上,送到嘴边,呼啦啦,吸进了嘴里。我没看清有多少根面条同时进入了父亲嘴里,只看见那些面条很滑溜,像工厂流水线上传送纱线一样,很快被父亲锋利的牙齿切断,一部分滑落回碗里,还有一部分留在了父亲嘴里。

我看呆了。父亲吃面时与周围的人一模一样,呼啦啦的声音也一样,额头上也淌下了汗。还有,父亲吃面时,也不管旁边的人。

我喝了一口面汤,有点鲜,有些酱油味,面汤上浮着几颗油珠子,闪着亮光,特别可爱。还有撒在面上的蒜叶,被我呼出的气吹得在面汤里游来游去,像一艘艘小船在远航,也像一条条小鱼在嬉闹。可是,我没胃口吃面。

父亲抬头看我:"吃面呀。"我说:"吃不下。"父亲说:"这么好吃的面,怎么吃不下?"我看见父亲的面碗里已经空了,连汤也喝干了。父亲用手背擦了下嘴巴,又甩起袖子擦了把额头,然后坐着催我快吃。可是我真不想吃。父亲狠狠地瞪了我一眼,又恶狠狠地将我的面碗移到自己面前,两支筷子往面里一插,捞起一大筷子面条,呼啦啦一下,送入嘴里了,又呼啦啦一下,再呼啦啦一下,碗里又空了。

往事成烟,父亲已不在人世,阳春面也不再是面食的主流了,那些五花八门、各具特色的面店面馆面摊布满了街头,它们做出了不同风味的面条,招揽五湖四海的客人。

那年我陪父亲去嘉兴看病,就诊后已经到中午12点了。我带父亲走进一家饭店，父亲拉我往外走："去吃面吧。"我问："为什么?"父亲说："面好吃。"

我追问："是真的喜欢，想吃面，还是想省点钱?"我盯住父亲，逼他说真话。父亲说："今天真的想吃碗面，好久没吃面了。"

我相信了。找到一家面馆，给父亲点了一碗鳝丝面，我要了一碗榨菜肉丝面。父亲问："没阳春面啊?"我说："尝尝其他面的味道吧。"父亲说："这么贵，不合算。"

父亲将两支筷子举起，插入面条，捞起一筷子面，送到嘴边。父亲说香，又说鲜。我说："小心烫着，慢慢吃。"忽然想到，这话是我小时候父亲对我说的，现在轮到我对他说了。父亲将面条送进嘴里，咀嚼着。父亲吃面已经没有了当年呼啦啦的声响，吃面的样子不再如当年威猛了。父亲说道："嗯，啥货啥价钱，这面条确实好吃，比阳春面好吃。"

我心头一颤。

亲爱的父亲，艰苦创业一生，从来不舍得多花钱给自己买碗好吃的面，活这么大年纪了，才第一次吃到鳝丝面。还有很多很多好吃的面条，父亲都还没品尝过。我的内疚之情在升腾，低头吃了一大口面。突然发现，面条很香很好吃，从来没有这样好吃过，一碗面很快被我吃完了。

父亲看着我："面好吃吧?""嗯，真好吃。"父亲又说："你以前不喜欢吃面。"父亲的话，让我想到当年那碗阳春面。我抬头，看见父亲朝我微笑着，额头皱纹很多、很深……

（刊于 2012 年 4 月 27 日《都市时报·小事记》副刊）

我欠父亲一碗蛋酒头

又到冬至夜，妻子在张罗着煮蛋酒头，问我煮几个，我说随便；又问我每人三个够吗？我答无所谓。妻子见我爱理不理，有些不悦，而我此刻正想着我父亲。这个冬至夜，父亲在天堂那边能够吃到蛋酒头吗？

父亲离开我们已经许多年了。那年的冬至夜特别寒冷，父亲患着气喘病，常常在降温的那几天里病情发作，需要吃药或吊水。我担心着父母，下班回家吃完了蛋酒头后就去了乡下家里。父母刚吃完晚饭，母亲在洗碗，父亲正欲上楼。见我到来，父亲止住步，回头对我说，这么冷的天，你回来做啥？我听见父亲的喉咙里虽有丝丝的哮喘音，但说话很有中气，精神不错，就放心了许多。

我问母亲，冬至夜吃了什么。母亲说烧了赤豆糯米饭，让我等会带点回去。母亲知道我妻子喜欢吃赤豆糯米饭。我说为何不煮蛋酒头吃啊？母亲说今夜不煮了，过几天吧。

海盐人在冬至夜有吃蛋酒头、赤豆糯米饭的风俗习惯。许多人家在冬至夜既烧赤豆糯米饭又煮蛋酒头，有些人家嫌烧赤豆糯米饭麻烦，就煮蛋酒头吃了。现在生活条件改善了，自然选好的吃。

我埋怨母亲太节俭,现在不像三四十年前了,那个时候家里仅有的几个鸡蛋要留着招待客人当菜吃。母亲说,没事的,我们过几天再煮了吃,不急的。

父亲上了楼,我也上楼,陪父亲说会话。西北风在窗外呼呼地叫,父亲靠在床上,鼻孔里也发出呼呼的声响。父亲的气喘比我刚到时好像严重了些。父亲宽慰我说,没事的,可能刚才上楼用力气了。父亲又说,这个鬼天,这么冷,他劝我早点回县城。我说今晚你与妈都没吃上蛋酒头,太简单了。父亲笑笑说,没关系的,赤豆糯米饭也好吃的。我说明天你们补吃吧,父亲嗯嗯了两声,算答应我了。

我顶着冷风回了县城的家里,跟妻子说父母今晚连蛋酒头也没吃,被我埋怨了。妻子突然想起,一周前她回乡下家里看望父母,临走时母亲拎出一袋自家放生鸡生的蛋要她带回,说是快冬至夜了,带回去煮蛋酒头吃。妻子说,难道妈将家里的鸡蛋全让她带走了,自己又不舍得买,冬至夜没鸡蛋可炖了?依我对父母平时的了解,肯定是这样。妻子连声说怪自己不好,没问清楚就将鸡蛋带回了。我安慰妻子,没关系的,让父母以后多煮几次吃吧。

第二天,风停了,天气冷得出奇,路面积水处结上了厚厚的冰。突然乡下来的一个电话,将我推进了冰窟窿。父亲一早走了,永远不再回来……

爸啊,我还欠你一碗蛋酒头啊!

苍天没有回音，父亲不再理我。

我欠父亲的，何止一碗蛋酒头！

（刊于 2014 年 1 月 8 日《嘉兴日报·绮园》副刊）

捞米饭

　　每天清晨,我吃白米饭,我爸我妈喝粥。我吃的白米饭很干,爸妈喝的粥很薄。我吃完饭去学校上学,爸妈喝完粥去地里干活。很长时间我都不明白为什么家里烧的是粥,我吃到的却是米饭。有一次我问妈,我的饭哪里烧的?妈说,给你捞的。

　　有一日,天没亮我就起床了。我妈起得还要早,已经在灶间忙开了。

　　只见我妈拎起淘箩,拿着升箩,舀米入淘箩,急奔河边淘米。匆匆回屋,米下锅,架柴烧火。她将一段硬柴火塞进灶膛,等火苗上蹿了,又拎起猪食桶,倒入猪饲料和水,搅拌均匀;一路小跑,去了猪棚间;将食倒入猪槽,给咩咩叫的羊添上青草,往兔笼里塞一把草;跑回灶间,看看灶膛里的火,看看已经烧开了的锅。

　　水蒸气正从锅盖四周喷出,围成白色的一圈气雾,向空气里扩散。掀开锅盖,一大团白色气雾升腾,将我妈裹入,一片朦胧。锅里水沸腾着,米粒在开水里翻滚,飘来淡淡的米粥香。我妈拿出一只面碗,用勺子在锅里捞啊捞,将被热水煮胖的米粒捞入碗中,放在蒸架上,盖上锅盖,继续添柴烧火。妈对我说,再等会啊,饭就好了。

火苗蹿到了灶膛口，整个灶间气雾弥漫。粥烧成了。掀开锅盖，又一团气雾升腾，将我妈笼罩。我妈从气雾里端出一碗米饭，放到餐桌上，然后去忙别的事了。

半碗粥里捞的米粒，蒸成了一碗米饭，一粒粒，白白的，香香的。我不喜欢喝粥，这是我妈给我从粥锅里捞出来的米饭。

每天一早，我妈有太多的事要做。烧粥，准备一家人的早餐，喂猪，喂羊，喂兔子，喂鸡鸭，洗衣服……这些都得在生产队出工的哨子吹响之前完成。每天，我妈还记着，在烧粥时给我捞一碗米饭。我吃完这碗米饭上学，后来吃完这碗米饭上班，一直吃到我妈身体透支，一病不起。

在我妈过世后的许多年里，每当吃早餐，我眼前便浮现我妈一早捞米饭的情景。那团升腾的气雾，将我妈久久包围；这团气雾，驻留在我心间，不曾离散。

当年粮食紧张，早上烧粥吃，既是我爸妈吃早餐的习惯，也是为了省点米，以粥充饥混一顿。给我一个人捞出的米粒，占到了我爸妈两个成人烧一顿粥的大部分米量，有时捞得多了，粥不够吃，就兑入点水，再烧开。粥稀薄了，但量多了。我妈端起粥碗，呼啦啦一通喝，不需要吃菜，基本不用咀嚼，一碗就喝完了；再舀一碗，又呼啦啦喝完了。当时我就觉得，我妈胃口好大，能喝那么多粥。长大后才懂得，我妈喝下的，名义上是粥，实质是粥汤。等我长大后参加劳动，才体会到，早饭喝薄粥，半天力气活干下来，饿得胃疼。

有一次，我妈忘了给我捞米饭。我起床没见米饭，问我妈，我妈"啊呀"了一声说，完了完了，今天忘记了，真是没脑子。我妈很自责也很无奈,劝我难得喝一顿粥,可我不喜欢喝粥,我喝不下。我背上书包走出了屋子,我妈喊我:"你就这样饿着肚子上学啊?难道你不能喝一顿粥啊!"我没理我妈,继续往外走。"你回来!"背后一声大喊,吓我一跳。回头,见我妈脸色很难看,她生气了。我回屋。妈说:"你就吃点吧,不吃会饿坏的。"我还是不想吃。妈压低了语调,像在求我:"是妈不好,你喝一碗再走,好哇啦?!"

突然看见,几颗很大的眼泪珠子,从我妈眼角不停地淌下来……

(刊于 2018 年 4 月 29 日《南湖晚报·曝书亭》副刊)

给母亲挠痒

假日,我回乡下看望母亲,母亲说背上痒痒,自己手不灵活了,挠痒够不着,我就为母亲挠痒。我坐在母亲身后,将手伸进衣服里,在母亲背上来回地挠,感受到母亲的体温,我突然找到了儿时的感觉。

我是在母亲背上长大的。母亲背着我到田间地头参加队里劳动;背着我走过狭长的田埂,走回家里;背着我到邻居家串门;背着我晚上去生产队里评工分;过年过节时背着我走亲戚……不管多远的路,母亲都背着我一刻不停地走下来。

有一次,我咳嗽不止,母亲背着我去离家很远的小镇医治。那天出发时太阳还没从东边升上来,母亲朝着西边方向,边打听边找路,走村庄,过小桥,踩田埂,穿桑林,一路步行,我感觉到了母亲背上的水蒸气。趴在背上一路晃悠,我睡着了,当我醒来时,母亲的衣服湿了一大片,不知是我的口水浸湿的,还是母亲的汗水……

我的手跟着思绪在母亲背上天马行空,母亲喊话了:"往上边一点,东面一点,对对,就这里,轻一点。"噢,我走神了,手也失去了方向。赶紧找准目标,我挠到了母亲的右肩处,心头又动了一下。我边挠边寻找，寻找刻在儿时记忆里的母亲肩头那道深深的勒痕。

那时候生产队里按工分分配粮食和现金，多挣工分就能让我们兄妹几个吃饱饭。生产队里养着好几头耕牛，割牛草也可以得工分，母亲就经常利用午饭后的空闲时间和下午歇息时的半个小时，抓紧割牛草。那天骄阳似火，连平日不怕热的鸡都钻到了树荫下张嘴喘气，母亲却戴只草帽出去割牛草了。半个小时后，母亲背着一大筐青草回来了，那草筐压在母亲背上，筐上的绳子紧紧勒着右肩，压得母亲弯着腰，满头满脸大汗，满身衣服湿透。母亲脱去外衣去洗冷水澡，我突然看见，她的右肩上有一道深深的紫红色的勒痕……

我的手不禁停在了母亲的右肩上，用指尖小心触摸，我想找到那条紫红色勒痕留下的印记，可是世事沧桑，岁月早已磨平了那条深痕，取而代之的是皱褶的、缺少了弹性的皮肤。母亲真的老了，一半的白发，深深的皱纹，到处可见的老年斑。忙活了一辈子，母亲累了。

"手酸了吗？好了，歇息吧。"母亲感觉到了我手的停顿。

母亲的话让我心头一颤，她仍然首先想着子女。在她的思维里，一直想到的是为家付出、为子女付出，到了风烛残年的时候仍然没有为自己着想。可是我还没有问过母亲：你天天背着我，背酸吗？你路途遥远步行走，脚酸吗？你肩负沉重负担，肩疼吗？

（刊于 2009 年 1 月 20 日《北方新报》）

闹嘴舌

海盐人将夫妻间的争吵叫作"闹嘴舌"，也叫"轧嘴皮"。从字面上看蛮形象也蛮有趣的，可是我从小对闹嘴舌就没有一点有趣的印象。

父亲是个犟脾气的人，母亲性子急，两个人生活在一起，难免碰出火花来，闹嘴舌的事就难免了。一天，父亲与村里几个人摇船去了镇里，傍晚时船停回到了河埠头，我们一群孩子不约而同地盯住各自的父亲拎着的篮子。我看见几个小伙伴都从篮子里拿到了吃的东西，有包子、牛舌头，还有油绳绞等等。父亲拎着篮子从我身边走过时没招呼我，我看见篮子里有块毛巾盖着，就追上去掀开了毛巾，结果扑了个空。回到家，我站在母亲身边委屈地哭了。母亲责怪父亲不记得给我买点吃的，父亲说钞票紧张所以没买。母亲说你看看别人家的孩子都有吃的，怎么就你没钱买？父亲的犟脾气上来了，说吃吃吃，不吃要死啊。父母就这样你顶一句我还一句地吵开了，引来了邻居劝架。母亲气急了没处发泄，就往我头上拍了一巴掌，然后她自己也哭了。

父母闹嘴舌常常由事而发，不管时间与场合。有天深夜，我正睡得迷糊时，被一阵争吵声惊醒了，原来父母又闹嘴舌了。有家亲戚的儿子春节前要结婚，我家去喝喜酒时要送人情，按当时的行情，金额在 8 到 10 元之间。母亲说我家经济困难，就送 8 元吧，父亲觉得没面子，要送 10 元。母亲说就送 8 元，喝喜酒那天我们少去个人吧，父亲说送 8 元你去送吧，我送不出手。就这样两人又你一句我一句地顶开了。

小的时候不明白父母为什么经常闹嘴舌，也讨厌闹嘴舌，心想着等我长大成家后一定不闹嘴舌。我真的长大成家后，与妻子已共同生活了 20 年，没想到的是我们也闹嘴舌，有几次还闹得比较厉害。

一次是为了家里一堆穿剩下的旧鞋子。鞋子有六七成新，还有几双名牌的，但放在屋里碍手脚，我就拎出去丢掉。妻子看见了阻止我，说丢了可惜，我说不穿了放着跟丢了一样，何不丢了清理场地。两个人各执己见，到后来都扯着那袋旧鞋子不松手，话也就越说越重了。

另一次是因为一条鱼。我喜欢吃鱼，妻子就常买鱼吃，她习惯烧汤，我更嗜好红烧。那天妻子烧了鱼汤，我埋怨不好吃，话说得有点冲，妻子感觉委屈，就与我顶嘴，两人又吵了一会，妻子说再也不买鱼了。后来家里真的好长时间没烧鱼，这嘴舌闹得让我吃不到鱼了，馋得直后悔。

我与我的父辈们一样都闹嘴舌，所不同的是，我的父母是为生活之忧闹嘴舌；而我与妻子闹嘴舌，是为了提高生活品质。

（刊于 2008 年 12 月 21 日《南湖晚报》）

镜头盖风波

我做电视记者第一次单独采访，是跟随县委费书记调研一家骨干企业。

费书记在一帮人的簇拥下，边走边指点，车间里机器声音很响，只看见张嘴说话，听不见说话内容。我心跳得厉害，不知是刚才跑累了还是紧张造成的。赶紧开机，红色指示灯亮了，录像器里却一片灰色，只有计时码在跳动，没有现场图像。立即检查摄像机各功能键，都正常开着。关机，再开机，再次对准现场。奇怪，还是一片灰蒙蒙，不见现场画面在摄像机里出现。现场的人已经说说笑笑从我身边走过去了，不知道他们发现我此刻的反常没有？汗水从脸上淌下来。我在脑中搜索着摄像中遇到过的种种问题，试图从中分析出原因，可是无先例可参考。

县委办主任跑过来："你怎么回事，一个人待在这不走啦？费书记快走出车间了。"

赶紧追过去，将摄像机对准了费书记，开机点亮了小红灯，摄像机里还是不见费书记。费书记正在和企业老板交谈，看见我拍他，立即站直了身子，抬起右手指向了车间一角。我就这样装模作样，掩饰心中的恐慌，全身热得厉害，汗水直淌。费书记走过我身边时很关切地对我说:"你辛苦了!"我羞得不敢面对。

完蛋了,今天我把事坏大了,没拍下书记调研的镜头,回台里如何交差?县委办那里批评下来如何了得?恐慌笼罩着我,越心急越查不出故障原因。趁着座谈会开始前的空隙,我向主任打电话汇报,主任也急了,立即再派一组记者过来,让我先应付着。我又向台里的老摄像请教,然后一一检查,没发现任何问题。只能继续应付着,等援兵赶到,心中那个急啊,无法跟人说。

当地乡广播电视站小陈很神秘地凑过来:"你没打开摄像机盖也能拍摄呀?"

什么?没打开盖!万恶的镜头盖可把我害苦啦!我故作镇静,赶紧打开盖,重新开机,将费书记拍了好长时间,将他的重要讲话录了同期声。

费书记要回去了。走到厂门口,看见一帮工人在卸货,费书记走过去与工人握手。天赐良机,我以最快的速度做出反应,紧紧跟踪拍摄。费书记很认真,与工人握手交谈,表达与工人兄弟的情意。厂长手指一排新厂房说,这是即将投产的新车间,费书记听罢,兴致勃勃地走进了新车间,边看边走边问。我兴奋至极,已经感觉不到肩上摄像机的沉重,抓住每一秒精彩,让摄像机高效率运转……

晚上,关于费书记调研企业的新闻作为头条播出。我大量采用书记现场调研、与群众交谈的同期声镜头,还用了一段费书记讲明年全县经济工作核心理念的同期声。整个报道播音员的解说词很少,是一个现场感很强的报道,一反平日电视新闻中领导调研的惯用报道手法。台领导审完片后说:"嗯,这是一篇真正的电视报道。"

我一头冷汗。

这场虚惊并未烟消云散，它使我在后来的电视新闻工作中时时警醒。

是的，能怪镜头盖吗？如果我在当时能够沉着稳健熟练，小小镜头盖能不滑落下来吗？

职场就像一条长长的跑道，需要不断历练……

（刊于 2008 年 12 月 12 日《哈尔滨日报》）

桥　梦

　　杭州湾跨海大桥像一条巨龙,横卧在离我家东窗不远处的杭州湾上。这是迄今为止全世界最长的跨海大桥,白天它屹立于汹涌波涛中,夜晚绽放七彩的灯光,为古老的杭州湾披上迷幻亮丽的青春盛装,勾起我关于桥的联想……

　　最早对桥留下印象,是在我四岁时。1963 年的冬天,我咳嗽不止,母亲背着我步行去很远的一个叫碶石的古镇就医,走了整整四个半小时。穿过一个村庄走过一片麦地,前面是一座小石桥。母亲很吃力地弯腰,走上桥埭的石阶。走上桥面时,一只脚打滑,母亲跪到桥面上,身子向外倾斜,我整个身体平卧在母亲背上,看见了桥下湍急的河水,感觉到了从天上掉入深渊的惊慌。我哭了,可是母亲的身体平衡住了,她慢慢撑了起来,然后我听到母亲呼出了长长一口气……

　　从此,我对桥有了恐惧心理,稍长大后一人过小石桥时,眼睛总是控制不住往桥下看,脚底痒痒的,心也慌了。再后来,我经常做走桥的梦,梦见自己走上了一座小石桥,那桥会伸缩,一会儿长一会儿短,走上去时,桥面的石板变成了布条,软软地陷下去陷下去,我艰难地爬行,陷入的一只脚拔不出来,突然桥面断裂了，我往一个深不见底的黑洞里掉下去掉下去……我吓醒了，吓得叫出了声音。母亲听我说做走桥的梦，脸上竟露出了笑容，说我快要长大了。

后来听邻居说，小孩子在长身体时都要做走桥的梦，桥断裂人掉入河里是好梦，说明身体还要长，走在桥上不掉入河，身体就长到头了。村民们都相信这样的说法。

终于有一天，我真的不做走桥和桥断裂的梦了，可是，我家东边一个叫王家堰的地方有座小石桥的桥面石板真的塌入河里了。村里组织人员打捞，父亲也参加了，他潜入水里系绳子，将几根麻绳牢牢拴在石板上，上岸时已经冻得浑身冰凉，第二天便病倒了，诱发黄疸肝炎，医治了好长时间。

关于桥的记忆，我除了看到过母亲一次欣慰的笑容外，其余留在我脑海里的，只有恐惧和悲伤。可是，生活离不了桥。桥是交通的纽带，它将路的这头和那头连接到一起，让我们脚下的路得以延伸、继续。

在我读高中的时候，村里的那座小石桥换成了水泥桥，桥面宽阔多了，一侧还装上了水泥扶栏，无论刮大风下暴雨，我走在桥上都感觉到了坚固与平坦，再也不恐惧了。

十年前我调到县城工作，两年后回乡下老家，母亲告诉我村里的桥扩建成了四米多宽的公路桥，大汽车也开进来了，村里还办了工厂，许多乡亲都去厂里上班了。桥建成那天，一大群老太婆在桥上烧香拜佛，祈求村庄安宁、子孙健康幸福。我知道，老人们是在用一种古老的方式，表达全新的喜悦。

如今，杭州湾跨海大桥全长三十六公里，按双向六车道设计,时速每小时一百公里,使用年限一百年,它改变了杭州湾区域的时空概念,缩短了杭州湾南北两岸间的距离,同时全面刷新了我脑海中关于桥的记忆。

每天清晨,我推开窗户,看旭日东升,杭州湾跨海大桥沐浴在金灿灿的阳光里;每天夜晚,我关上窗户前再望一眼杭州湾大桥,看大桥上灯光闪烁,如繁星点点。我安然入睡,进入梦乡,梦中不再走桥,更没有了断桥的惊吓。

（刊于 2008 年 9 月 25 日《浙江工人日报》、《大阅读》2008年第 12 期）

作家梦

记得在小学四年级的时候，我写了一篇课堂作文《抢收》，讲述群众在雷阵雨来临前自觉放下手头的活，奔向晒场抢收集体稻谷的故事。语文老师在班上高声朗读此文，将我夸奖了一通。我感觉脸烫烫的，血在浑身涌动。老师又把作文贴在墙上的作文栏里，用红纸贴上了边框，非常醒目，还画上了三个大大的五角星。以后的日子里，我的眼睛总会不由自主地往墙上瞟，每天盼望着上作文课。

第一次将文字变成铅字，是在学校代课的日子里。写了一篇批评体育达标验收形式主义的小品文《以少胜多》，寄给省教育厅主办的《浙江教育》杂志。十来天后，邮递员笑眯眯地将一封信放在我办公桌上。看到信封右下方"《浙江教育》编辑部"几个字，心一阵狂跳。赶紧小心地拆开信封，抽出一张薄薄的纸，上面印着清样，还附了编辑的一封信，大意是此稿准备在杂志上刊登，让我校对清样，如没有意见就抓紧寄回。能有意见吗？求都来不及呢！哎呀，当时那心情呀，比现在加几百块钱的工资都不知要高兴多少倍。记得那天我走进教室上课时，笑嘻嘻的，好长时间都合不拢嘴巴。学生们看着平常严肃的我那天持续夸张地笑,有些莫名其妙和不知所措,他们没有跟着笑,都傻傻地盯着我。从那天起,我迷上了身穿绿色衣服的邮递员,每天盼望着那片绿叶飞临。

我生长在杭嘉湖平原的一个名为野鸡浜的乡村,那里有肥沃的土壤和纯朴善良的乡亲,那里不断发生着新鲜有趣的故事。田贵,一个耿直的农民,在许多人的眼里是个老实人,后来成了我第一篇小说习作中的人物原型。那一年,田贵去城里出差,遇见一个小青年肚子疼,田贵将小青年送到了医院。后来才知道这小青年是村支书的儿子。故事情节由此展开。村里像田贵这样实诚的人很多,他们乐于为身边的人做些力所能及的事情,比如帮助邻居家将猪绑了去卖,哪家造房子了去做义工,哪家遇上婚丧大事了鼎力相助……他们就这样相互联系在一起,形成了纯朴的乡俗民风。

就像庄稼地里会长野草一样,村子里也有另类的人,他们善于打自己的小算盘,精于耍一点小手腕,他们还能将长的说成短的、扁的讲成圆的。这样的人虽然只是少数,但他们往往占尽便宜,让大多数的老实人困惑,也让小小的我迷惑不解。

1980年秋天,有两个人物突然跳进了我的脑中,一个是老实头,他低着头不声不响进来了;另一个是老滑头,他打着哈哈进来了,一路上尽是他说话的声音。就这样,老实头与老滑头在我的脑中筑了巢,他们每天日出而作,日落而息,和我的乡亲一模一样。秋风越刮越烈,地里的稻子都垂下了头等待收割,老实头与老滑头的身子也越长越丰满了,在我的脑中嬉笑、跳跃和争吵,有时候吵得我白天走路时脑子里都是他们的影子和声音,晚上连觉也睡不安稳了。那年的冬天出奇地冷，我关在房间里一天一夜，写出了处女作小说《老实头与老滑头》，先在家乡的文学刊物上印成了铅字，后来又投给了浙江省文联的《东海》文学杂志。

有一天村干部通知我说，县文化馆来电话，让我明天去一趟。第二天我赶紧上路，在县招待所里见到了《东海》杂志的一位编辑，他说《东海》要用我的小说，让我做进一步修改。回到村里，走在村口熟悉的小路上，我忽然对所有的事物有了特别新鲜的感觉，双脚好像在开磁悬浮，身体向一个地方飘去，那里是文学殿堂，闪着金色的光芒……

我的作家梦从此开始。明知梦难圆，但失志不渝。其后虽因工作等原因搁笔二十三年，2007 年一个暮春季节我又重新拾笔，写着玩着直到今日以至未来，其趣不断，其乐无穷。

（刊于 2009 年 2 月 17 日《北方新报》）

吵过年

对门传来吵闹声，与小区里弥漫的年味不搭。

女的说："叫你看着点看着点，只知道玩手机，结果烧煳了……"男的说："烧煳了再重新烧一只好了，冰箱里有的是，你哇啦哇啦做啥……"我听出来了，他们家因为一锅什么菜烧煳了，妻子埋怨丈夫，丈夫回斥妻子，于是夫妻俩起了口角。

忽然想到，这"吵过年"的情景在我小的时候没少碰到。

那时候经济困难，没有好吃的东西，都愁过年啊。愁着，就来事。

那天我们去堂叔家喝年酒。本家之间喝年酒不用客气，有些在当年属于贵重的菜，比如鱼肉、油豆腐酿肉之类的可留着等客气一点的客人上门时再吃。堂叔粗心，将这两样宝贝菜端上桌了，堂婶急得直使眼色，堂叔继续粗心，于是只能既成事实。不巧的是，我是喜鱼的小馋猫，眼睛盯住碗里那块鲢鱼肉不放了。我妈在捏我大腿，我懂她的意思，可是我实在太馋，不甘心就此作罢。我妈忍不住了，狠捏了一把，我哭了。堂婶连忙说吃吧吃吧，给我夹了一筷子鱼肉。那块整齐的鱼肉就这样被破身了，明天不能再拿出来招待客人了。

　　我现在想起此事，可以想象得出当时堂婶那个表情变化的过程有多么艰难与复杂，我现在特别理解堂婶的心情。那个时候年货缺乏啊，那些所谓的贵重菜，都是再三端上桌当"看菜"的，客人们都心知肚明，约束住自己的筷子，只有像我这样不懂事的馋猫，才会破坏大局。

　　事情没有完。晚上，堂婶和堂叔吵上了。听我妈说，等我们喝完年酒回家后，堂婶就埋怨堂叔不懂事，将两个本来想留下的菜拿出来吃了。堂叔说："吃了就吃了，吃掉了还能回来啊，还啰唆什么。"堂婶不高兴了："吃吃吃，吃死你算了！"堂叔也不高兴了，于是两人就吵起来了。

　　我妈听到了吵闹声，赶过去劝，我跟着去。我妈劝堂婶："开开心心大过年的，你们吵什么呀。"堂婶哭着说："你问他呀，就知道吃吃吃……"堂叔猛抽着烟："丢人，没脸说。"我妈说："都是我家小孩子不懂事，你们就别吵了，好好过年，好吗？"堂婶继续哭，堂叔继续抽闷烟，我妈没话可说，就拿我说事："叫你别吃别吃，就是不听话，以后别再做客人了……"

　　若干年后我妈告诉我，那天我被凶哭了。就这样，堂叔家的这个年，不欢而散。

　　我家也有"吵过年"的事情。我妈把蹄膀焖得油亮亮的，对我爸说："我们稍微吃点下面的精肉，别吃皮，尽量剩个完整的，来客人再吃。"我听我妈的，筷子往蹄膀下面挖，我爸大概忘记了，或者饿急了，筷子嗞啦一下夹去了好大一块蹄膀皮，呼噜一下吸进嘴里吃了。我妈狠狠地瞪了我爸一眼，脸色难看。我爸说："瞪什么瞪，吃顿大年夜饭还有这么多讲究！"我妈不与爸吵,大概为了顾及过年的气氛吧,但这后半顿年夜饭,变成了无话可说的哑巴饭了。

每当想起"吵过年"的往事,就有一股酸酸的味儿涌上来。

今日"吵过年"与当年"吵过年"已不可同日而言。当年是因为条件拮据、物质匮乏;今日却因为如何处置丰裕的物质起纷争。

真心觉得,如今过大年想吃什么就有什么,想怎么吃就怎么吃,快乐都来不及,真的不需要"吵过年"。

(刊于 2018 年 2 月 26 日《金华日报·青年》副刊)

一只簸斗之谜

这是一只用枝条编织的簸斗，直径42厘米深30厘米，是以前农家盛放谷物的器具。因为年久，簸斗已经变色且没了光泽。簸斗外侧用墨汁写了一圈已显模糊的字："民国三十六年百月三号贰仟元陆宝顺记用"，这里的百月应该是八月。从留存的文字上可以获悉，这只簸斗的主人叫陆宝顺，购买时间是民国三十六年（1947年）八月三号，距今已60余年，价格为2000元。

2000元今日可买一台29英寸的彩色电视机，或者一台空调，或者买一辆漂亮的电瓶车……对了，如果今天花2000元去买同样大小的这类器具，可以买到100个以上。难道这个2000元记载有误？

这只簸斗是妻子去乡下娘家时发现的，簸斗上记载的陆宝顺是她外公。妻子还记得，从祖辈传到父辈，又从父辈传到了下一辈，已经有几代人吃过簸斗里的粮食了。小时候粮食紧张吃不饱，每到做饭时，妻子的外婆总是站在簸斗边矛盾着犹豫着下不了手，眼看着簸斗里的粮食一天天减少，外婆十分不舍。有一次，妻子的母亲姐妹几个在房间里吵闹，不知谁在跑动时将簸斗碰翻了，米白花花撒了一地。外婆将母亲狠狠打了一顿，因为她是老大，只能由她受此冤屈。被打后母亲没哭，外婆却哭了，哭得肩膀一耸一耸的，很心疼很伤心。看外婆哭了，母亲也哭了。从外婆亮晶晶的泪珠里，她们看到了盘中餐的辛苦……

可对于簸斗上记载的 2000 元价格之谜，我妻子也不知道，只能查证一下当年的物价状况和货币使用情况。我对那段历史的详情并不了解，听老人介绍说，那个时候钞票不值钱，出去买东西要用麻袋装钱。当年通货膨胀的疯狂程度可以用一个简单的例子说明。

1937 年 6 月，全国法币发行量为 14.1 亿元，假如此时一个人有 12 亿元法币，这笔钱几乎等于国民政府的货币发行总量。到 1942 年，汪伪政权发行一种叫中储券的纸币，强迫百姓按其与法币 1:2 的比价兑换，结果 12 亿元法币就兑换成了 6 亿元中储券。1945 年，抗战胜利后，国民党政府在沦陷区按中储券与法币 200:1 的比价收兑中储券，6 亿元中储券又被兑换成 300 万元法币。而到 1948 年 8 月国民政府实行第二次币制改革时，用金圆券取代法币，按 1:300 万比价收兑，300 万元法币只换到 1 元金圆券，按当时物价可买 5 升米。从 1948 年 8 月到 1949 年 5 月，物价又上涨了 6441326 倍，手里的 1 元金圆券只相当于 9 个月前的 0.000000155 元，这时连一粒米也买不到了，因为米价狂涨，折算一粒米的价格已达到 130 元金圆券了。

一段骇人听闻、疯狂至极的通货膨胀史！可见当年百姓生活是何等艰难，何等民不聊生！终于解开谜底了，这只簸斗当年确是花了 2000 元买来的。

（刊于 2011 年 7 月 23 日《农民日报》）

传说中的北门头

北门头带着传奇色彩。

我三四岁时，跌了一跤造成肩关节脱臼，手肿得不能动，疼得直哭，急得父母带我去附近镇上找郎中做关节复位。郎中做了几次都没成功，让我父母赶紧去别处看看。村里人告诉我父母，县城附近的北大街上有个叫北门头的地方，有位姓冯的祖传骨科医生很有本事，做关节复位是小把戏。父母立刻赶路，轮流背着我步行三四个小时，直奔北门头。

母亲说，冯医生要摸我的手，我吓得大哭，冯医生笑嘻嘻地说没事没事，然后不知怎么弄了一下，速度快得都没看清楚，就说"好了"。我父母还没反应过来呢，冯医生又说了句"好了"。母亲疑惑："好了啊？"冯医生笑嘻嘻地对我说："手抬起来试试。"我果真将手抬起来了。

真是神了。后来父母多次说起去北门头给我做肩关节复位的神奇故事，说北门头那条街真热闹，做城里人真好。从此我知道了，县城附近有条北大街，北大街上有个神奇的地方叫北门头。

身处僻乡，我从小对县城的印象是远在天边，在县城附近的北门头自然也跟着远在天边了。长大后去过几次县城，但一直没机会见识传说中的北门头。工作后经常去县城开会，有机会听人说起北门头的情况。后来我了解到，北门头其实是北大街的一部分。北大街俗称"北门大街"，系北城外独立的自然镇，在盐平塘河西岸，北起庆丰桥，南至北城河桥，为县城至东北郊区的主要通道。北门大街全长 990 米，宽 3 米，原是条碎石路，1984 年修建为混凝土路。当初北门大街与县城武原镇相隔不远，是县辖城郊乡的一个集镇，1987 年撤销城郊乡建制，并入县城武原镇，北门大街也归入县城了。

偶有一日与朋友相聚，说起老街保护问题。朋友很惋惜地说，北大街也快要拆迁了。我心头一动，忽又想起幼时去北门头关节复位的传奇故事。来县城工作那么多年了，居然还没到北大街上认真地走过一趟，也没探访过传说中的北门头。

晚饭后，我与妻子结伴，边散步边逛北大街。

城市区域迅速扩容，曾经的郊区北大街早已被包裹在县城的中心位置。城东桥西桥堍往北走，便进入北大街了。一条狭长的临河老街破败不堪，原本两侧都建有房屋，现在临河一侧的大部分老屋已被拆掉或塌落了，街面的石板早已不见踪影，取而代之的是水泥路面。那些剩下的老屋大多由外来人员租住着，他们正在吃晚饭，从屋里飘出了不合我口味的菜香。也有个别的本地老人住着，守护着生活了大半辈子的老街。

在北大街闲逛，听老屋里不时传来南腔北调，我们虽听不懂，但能感受到他们对生活的乐观。我在心里想着：哪一段老街是北门头呢？

北大街 125 号，一位老人从屋内出来，我迎上去与他搭讪。老人姓宣，65 岁，两个儿子早已迁居别处，他一人守在这幢老屋里。宣先生说，他家解放前有三间临街房，底层都做了店铺，开南货店，生意很好，名声在外。一次，遭到元通那边一帮强盗"拔财神"（即绑票敲诈）。强盗将他弟弟绑架了，递来消息说要用 30 石米换人（石为旧时计量单位，一石等于 150 斤）。为了筹集粮款，宣父将两间店铺房卖掉了……

宣先生沉浸在北大街曾经的沧桑里。我想起我的初衷，便问宣先生：哪个位置是北门头？宣先生手指北边说，喏，原来轮船码头附近一带就是北门头。

说起北大街的过去，宣先生兴致很高。他告诉我，在现在的城东桥稍南的地方，原先建有一座吊脚桥，属于北大街的最南端。从吊脚桥走到北边的庆丰桥，南北方向临河一条街，就是完整的北大街。北大街曾经很兴旺，当年从庆丰桥到他家这边不长的一段街面上开了 9 家茶馆，每天茶客盈门。"有 9 家茶馆哪！"宣先生伸出手指做着 9 的手势向我强调，他有些兴奋。我对他点点头，嗯了两声，表示懂他的意思。

我理解老人的心情。他亲历了北大街曾经的兴旺，也目睹着它逐渐衰落破败，乃至即将被拆除，个中有太多的酸甜苦辣。老街外的县城各处都在大兴土木，到处机声隆隆，尘土飞扬，宣先生在已被四面包围的北大街里纠结着，既有太多的难以割舍与无奈，也时常流露对发展的喜悦。

我们继续往北走，去寻访藏在我心里半个世纪的北门头。号称北门头的这段北大街也破败了，沿着盐嘉塘河一侧的很长一段已经没了房屋,沿河空地上堆着乱七八糟的东西,西侧剩下的老屋都是危房。传说中的北门头,早已风光不再。

我们往回走,宣先生倚着斑驳的门框远远地看着我们。宣先生问我找到北门头了吗?眼里露出关切。我微笑着朝他点头,他也笑了,脸上布满皱纹。我们沿着北大街往回走着,回头看见宣先生还在目送我们,看着我们在北大街上一点点地走远、消失。

传说中的北门头,是我转瞬即逝的一个念想;而北门大街,是宣先生久久不离的灵魂。

（刊于 2017 年 10 月 25 日《嘉兴日报·绮园》副刊）

慢品，生活滋味

抽签洗碗

　　一条不成文的规矩：洗碗是女人做的事情。我家也一样。饭后，我与儿子一副"爷们"派头，碗筷一放，便看电视或上网去了，留下妻子独守厨房，在潺潺流水声里忙碌。

　　有一日，我家开始挑战"老规矩"。主动发起挑战的不是妻子，而是我。

　　饭毕，我走进厨房，穿上围单戴上袖套，开始洗碗。妻子惊讶：今天怎么啦？我说今天你翻身得解放了。妻子疑惑：今天太阳从西边出来了？我说：今天太阳还是从东边出，但今天是三八节，也是你生日。

　　妻子笑得那个脸就像初升的太阳。可这一笑，上瘾了。

　　以后每次饭后，妻子便问我：今天你洗碗？表情虽是征询式的，但隐约可辨语气里有着期待的意思。大多时候，我还是不洗碗，我将话题岔开后，妻子便知趣地去了厨房间。但也有很多时候，我也"意思意思"，满足一下妻子的"意思"。妻子作为家庭主妇，很不容易。我是男人，但我不能像有些男人那样时常往妻子口袋里塞钞票或购物卡之类的东西，所以帮她分担几只碗也是应该的。

洗碗洗得多了，发现洗几只碗其实也是举手之劳、小事一桩，但常年坚持非常不易。多少年来，我们男人借着"主外"的由头，贵为男人，以至于连我这等"贵"不起来的男人也随了大流。我们眼高了手也跟着往高处搁了，自然摸不着洗碗池了，将洗碗这样的"小事"推给了女人。我还从洗碗中得出一结论：男人不仅同样手巧，能洗碗，而且洗完碗后仍然是男人，不存在性别变化之忧。

如今我家厨房间里仍由妻子唱主角，特别是洗碗的事，基本由她承担，但我会隔三岔五地主动露一手，让妻子得以稍歇，聊以安慰。

有一日晚饭后，一家三口放下饭碗坐着不动。妻子看着我，眼睛在说话，意思我明白。我说抽签吧，今晚抽签决定谁洗碗，体现一下男女平等。妻子同意。我取一根牙签，一折为二，一段长一段短。我说谁抽到短的那段谁就洗碗。妻子说好。我将两段牙签捏住，将横断面稍小的那段对着她。妻子就近抽出，结果是短的那段。

不服，重来，妻子亲自将牙签折成了一长一短两段，又很神秘地将两段牙签捏紧，生怕被我窥视到隐秘处。她笑着将牙签伸向我，笑得有些狰狞，藏着幸灾乐祸的味道，她在等着看我笑话。我一副紧张模样，手伸过去又缩回来。我说：还是算了吧，别抽了，我怕输掉。妻子与儿子团结一致，高喊着抽抽抽。我知道，他俩都想看我笑话。

我的手终于伸过去，有些颤巍巍。两根手指落到一段牙签上，又换成另一段，再换回来，很犹豫的样子。其实我已经看清楚了该抽哪段。妻子催促：快点呀。我说：抽了啊。妻子说：嗯，快点。我说：真抽了啊。妻子说：啰唆。

我捏住横断面稍大的那段，抽出来。呵呵，当然是长的一段。

妻子傻了，我笑了。

我说：怎么样，服了吧？你洗碗是天意。妻子好奇：你手上长眼睛了？我呵呵笑着说：今晚应该你洗碗，但为了表示慰问，今晚我来洗碗。

我走进厨房间，将水龙头开得哗哗响，将碗洗得咕咕叫，边洗边忍不住笑。

以后数天晚饭后，我们依然以抽签方式决定谁洗碗，都是我抽到长段，妻子轮到洗碗。赢得太多了，有些不好意思，于是有几次我放她一马，故意抽到短的那段。怪现象次数多了，引起了妻子怀疑，请来儿子破案。儿子在仔细观摩完一次抽签全过程后，突然高喊知道秘密了：牙签是两头尖的，中间段最粗，折断处越往边上移，短的那段横断面就会越小，虽然大小差距微小，但细心观察就能发现。我就是按此原理稳操胜券的。

此招从此失效。

抽签洗碗给家庭生活增添了乐趣，我意犹未尽。儿子建议，改用抛硬币选择正反面的方法吧，谁选择错误谁就洗碗。后来的许多个晚上，我们就用抛硬币法决定洗碗人。这硬币还真的公正，我与妻子胜出的概率基本上各占百分之五十左右。

连续几天，儿子给我们做中间人。他将一枚硬币抛入空中，硬币翻滚着，闪着银光，落下后转了几个圈，在地板上躺平了。

儿子指着我乐:哈哈,爸爸中奖啦。关键时刻,儿子大多站在母亲一边。

看着儿子一副旁观者甚至幸灾乐祸的样子,我说:我俩都是男人,我洗碗了,你为什么不参加洗碗呢?儿子惊讶:我?弄到我头上啦?妻子赶紧帮儿子:他还早哩,早哩。

我只是与儿子开个玩笑。

但有一点是真的:希望儿子能将如此的家庭氛围传承下去。

(刊于 2011 年 9 月 8 日《海门日报》)

儿子寄来一封信

身处现代信息社会，我们已经习惯于使用手机、网络等现代通讯工具进行联络，传统的书信已经远离，正在逐渐成为文物。忽然有一天，邮递员送来一个牛皮纸质的信封，上面清楚地写着我的地址与姓名，不由得一阵惊讶。

信是儿子从温州寄来的。

儿子考入温州一所大学就读，是我送他去学校报到的。父子俩在偌大的校园里逛了一圈，边走边谈，主要是我对他的种种叮嘱。交代得再多再细，心里还是不踏实，可怜天下父母心啊。临走时，我送给儿子一个信任的目光，儿子回赠我一个灿烂的笑容。时间一晃过去了半个多月，手机成为我们保持联系的绿色通道，我们随时了解着儿子在学校的事情，怎么突然又寄来一封信，会是什么事呢？

我急切地拆开信封：

亲爱的爸妈：

晚上9时整，我坐在书桌前，心情很不平静。我要写一封信，一封我第一次写给你们的信，而且看信的可能有许多人。有一些紧张，我不知道该从何写起，笔握在手中却难以画出流畅的字符。

这已是我离开家的第十六个晚上。曾经想象过的大学生活，现在已"身临其境"，我就是一个人，一个家，就像老爸说的。十六个晚上，我都没有想家，但今晚我发现，在白纸与黑字间，有一股热流在涌动。

我是一个有梦、有目标的人。我告诉自己，我不恋家，有那么多双眼睛在看着我，我虽身在异乡，可我并不是一个人在努力！

我努力适应大学的生活。每天我第一个起床，不会有人和我争抢早晨并不宽裕的时间。晚上，我不是第一个休息的，但我是第一个入睡的(叫都叫不醒，比猪还厉害)。大学学习才刚开始，我相信我会很快适应的。

这段时间我们一直在军训，我不觉得苦，我是来"享受"的。今天下午，我把33块钱买的一套军训服捐出去了，军训服虽然"衣服小、裤子短、质量差"，但对灾区人民救急来说还是很有用的，我相信。大学刚开始，攒东西、交各种费用，花去了不少钱，这是必须花的，我不手软。请爸妈放心，平时我尽量节俭一些，不做浪费的人。

大学是培养能力的舞台，我会积极参与各种活动，把自己练得棒棒的。我希望你们也要保重自己，把身体养得棒棒的！

时间不早了，就这样吧。

祝你们:健康、快乐，每一天……

妻子已经在一旁泪水涟涟了。她说军训是很苦的，不知儿子瘦了没有黑了没有，她还说别让儿子太省了，一个人出门在外不容易，该花的钱不要省，还是我们省一点吧……

我感觉到了心灵的震颤。信中说到的几件事我们早已在电话里了解过和谈论过，在这封信里我却读到了儿子内心深处的内容，首次这么近距离地了解到了儿子的精神世界，包括他的自信、阳光、沉重、梦想以及忧虑……我们以前在电话里或面对面交谈中，都是以就事论事为主，从来没有这样将自己的所思所虑所感真实、深刻地和盘托出。或许是因为现代的交流方式更为简单、迅捷、直接，让我们淡化或疏忽了更深层的交流？或许是因为传统的书信方式更适合于静思默想，让自己的思想如涓涓细流般流淌？

这是我们第一次收到儿子写来的书信。从这里我们看到一个更为全面、立体、透明的儿子正站在面前，儿子长大了、懂事了、成熟了！

儿子，这是你写给父母的第一封书信，我们珍藏了。以后，你还会采用这样的方式，向你的亲人们倾诉你的思想、报告你的喜讯吗？

我们期待着好消息！

（刊于2008年9月19日《山西日报》）

汶川地震时写给儿子的信

儿子，你看电视了吗？

这次汶川地震的灾难真的像天塌了，倒了那么多房屋，死了那么多人，还有那么多含苞欲放的孩子们，揪心的痛啊！这几天，我们日夜开着电视机看直播，关注着汶川地震灾情，了解抗灾进展情况。你妈眼神经疲劳不能过多看电视，可这次顾不了了，心牵着灾区哪，经常看得流下眼泪。我们身边的所有人都在说地震说灾区说灾民，大家的心是一样的，真的动心动情了。我知道你们大学宿舍里没有电视机，但你一定通过网络了解灾情了，你也一定正在为汶川灾情揪心、为抗震救灾动情吧？

儿子，你捐款了吗？

前几天爸爸已经通过短信向灾区捐了款，昨天又参加单位捐款，今天，你妈妈也向红十字工作人员捐款了。每年都有很多名目的捐款活动，我们也参加了，可有时候捐得并不情愿，有些捐款名目还有巧立的嫌疑，我们常常担心捐上去的款被贪官们乱花了。可是这一次，我们都捐得心甘情愿，捐得毫不迟疑。我们是普通老百姓，钱挣得不易，捐得也不多，只能表示一下心意，表示一种为灾区人民祈福的愿望。你们学校捐款了吗？相信你也会积极捐款的。儿子啊，这钱别省，这是发善心做善事的良心钱，灾区的百姓太苦太难了，你就捐吧，没钱了说一声，爸爸给你汇款去，要省钱我们在别的方面省。

儿子，你看见那些冲锋在抗灾一线的解放军和武警战士了吗？

他们正和你同龄，有许多战士还比你小，他们才十八周岁，刚刚离开父母入了伍，当"军令如山"的时候，他们写下了遗书，然后勇敢地冲到了最危险最艰苦的地方，救出了无数的受难者。这些素不相识的受难者，在危难时刻成了他们的父母和兄弟姐妹。昨晚你妈看到一个小战士钻进了废墟洞里，从里面抱出一个身材比他还高大的受困者，战士的脸上手上流着血，身上脏得像只泥猴。你妈哭了，说她忽然看见那个小战士变成了你，她不忍心让你冒这么大险受这么多苦。今天，你妈看到中央电视台记者张泉灵的现场报道，说由于灾区食品缺少，参加抢险的战士们只在早上吃了一碗粥，到下午还没吃过东西时，你妈哭得很伤心，她说为什么这样啊，他们还是孩子啊，应该让孩子们吃饱啊，都说"人是铁饭是钢"，不吃饱饭怎么让他们抢险啊。可怜天下父母心，战斗在前线的战士们的父母这几天一定睡不稳吃不香，他们心牵着灾区，心牵着自己的孩子哪。这些还是孩子的战士们哪来的力量，能够让他们如此撑着？

儿子，你看见那位在废墟里被压了好几天坚持不哭，躺在救治病床上还劝母亲别哭的坚强姑娘了吗？

当房屋轰然倒塌被压在下面时，她没绝望；当身边被压的许多人死去时，她没有害怕。战士前来救她，她说的第一句话是

"我相信你们一定会来救我的"。这么自信！她是世界上最坚强最有信心的人，我们记住她的姓名了，她叫乐刘会。

儿子，你看见那两个可爱的小孩了吗？

那个被压在废墟里的小女孩多么危险啊，她受伤了，上面的砖块和钢筋混凝土随时要夺去她的生命。救她的解放军战士非常着急，小女孩却安慰他说："叔叔你不要急，我不要紧的！"战士抱着一块混凝土趴在地上哭了。还有那位受了重伤的小男孩被放上担架时，不忘感谢救他的恩人，小男孩的手受伤了，他却艰难地举起来，向抬着他的解放军叔叔敬了一个少先队队礼……

感人的事太多了，说不完。儿子，你在想什么呢？

此刻，你也许正坐在敞亮的教室里上课，也许在操场上运动，也许正在食堂里吃饭……你妈说，如果那年你也应征入伍了，今天或许也和那些战士一样，出现在抗灾战场上，你会让我们操碎了心。我说，如果是，儿子也会好样的，你说是吗？汶川地震给了灾区人民一场天大的灾难，也给了我们所有人凝聚的黏合剂，沉痛之后，我们应该多想想怎么做。

儿子，你想过吗：关于现在、关于未来？

你的未来是美好的，但你要记住，道路不会是笔直的，特别在当今竞争过于激烈的时代，很多困难曲折会等着你，你要有思想准备。我想说的是，只要你有救灾战士们的使命感、责任感，有那位女孩的坚强、自信、乐观，有那两个可爱的小孩子的理解心、感恩心，你就会战无不胜，就像必将战胜这场汶川地震灾难一样。

千里之行始于足下，好好珍惜难得的时光和环境吧，用你的自信、毅力和拼搏，用你的汲取、积累和进步，为灾区人民献爱心，为你的美好未来奠基础。

（刊于浙江省委宣传部 2008 年出版的《前行的力量》）

聘请儿子监督老爸减肥

这回,我真得减肥了。

让我下这个决心的,是一张体检验血报告,上面居然有7个箭头朝上,我感到了问题的严重性。医生说跟肥胖有关,建议我控制饮食,调整饮食结构,加强运动,多管齐下才能奏效。我自己暗暗衡量了一下:运动容易坚持很难,调整饮食结构太复杂,控制食量……对,还是控制食量这活由自己嘴巴掌握,最方便,就先从容易的入手吧。

吃晚饭时,我给自己盛了大半碗米饭。第一个发现变化的是儿子,他用惊讶的眼神看着我。妻子问我是身体不舒服吗?看我精神饱满的样子,否定了;再问我是嫌菜不好吗?看看桌子上放了好几个可口的菜,又否定了。我一本正经地宣布:为了我的身体、为了家庭的长久幸福,从今晚开始,我要减肥了,减肥的第一步:控制饭量!

妻子望着我:不是开玩笑吧?太阳从西边升起来了。

儿子望着我:能坚持下来吗?

我说最担心的就是坚持,所以聘请儿子当监督员。儿子啊,从今晚开始,你就负责监督老爸的饭量,这个重任交给你啦!

儿子说:我? 能监督你吗?

妻子说:是啊是啊,还不被你骂死。

我说从今晚开始保证放下架子,主动接受监督。减肥面前父子平等,儿子啊,你就积极大胆地行使民主监督权吧。

儿子默认了,那表情告诉我:试试看吧。

妻子点点头,心里在说:以观后效。

没几分钟,大半碗米饭早已进了我的肚子。半碗米饭真的不经吃,三扒二扒就没了,看着空空的饭碗,"胃"犹未尽。

妻子说再加一点吧,分明是试探我。

儿子看着我的饭碗,静观事态发展。

我抽出一张餐巾纸将嘴巴狠狠一擦,坚定地扔到垃圾桶里了。

日子就这样过着,已经两个月有余了,妻子积极支持,主动配合,儿子火眼金睛,明察秋毫,我们各司其职,相安无事。计划在小曲折中一路行进,已经习惯成自然了,减肥收到了小小的效果:我的皮带缩进了一截。慢慢地,妻子不再提起此事,儿子埋头吃自己的饭,关于我的减肥,关于我的饭量,似乎已成为历史。

一个夕阳西下的傍晚,天空罩上了灰蒙蒙的色彩,我随着人流下班,肚子感觉到了空前的饥饿。一路行进,胃和肠子一起向我乞讨,胃口向我发出前所未有的强烈呼吁,我一边安慰,一边遐想。先想到了一只包子,是一只白花花、热气腾腾的包子,要求不高,菜馅也行,我一把抓起,闻到了香喷喷的味道,一口咬下去,没了三分之一,顾不上咀嚼了,稍作停留,赶紧往下咽,顺着咽喉到了食管再往下……我吞下口水,怎么淡然无味的?

终于到家了，妻子已经做好了饭菜，儿子在书房做作业，饭桌上有我喜欢的菜，它们正朝我眯眯笑呢。我像饿虎下山，猛扑向电饭煲，盛了三碗饭，将最满最结实的一碗留给自己。儿子火眼金睛第一个发现了问题，立即站出来行使监督权。我说就这一碗，请儿子饶了老爸这一回吧。儿子制止无效，低声咕噜了几句，没了话。我狼吞虎咽，风卷残云，秋风扫落叶，一碗米饭没了。我的胃和肚子有了微饱的感觉，可我的胃口还在催促我盛饭，我站起身走向电饭煲……

我又将半碗饭端到桌前时，儿子跳起来了，说我说话不算数，说我死皮赖脸，说我不像当爸爸的样子，说我缺乏毅力和信念，说我的行为让他失望……他一个劲儿说着，是想极力制止，争取挽救我。我笑嘻嘻地看着儿子，将嘴凑到了饭碗边，然后张嘴，将筷子也伸了过去，米饭香喷喷的热气已经钻到我鼻孔里了……儿子突然伸手过来，一把将我手中的筷子收缴了，然后又要夺我手中的饭碗。一股火气从我心头窜出，再也控制不住，我将饭碗往桌上重重一放，一句骂人的话脱口而出。

空气凝滞。

儿子坐着不动，眼泪扑簌簌地淌下来，他说是你自己让我监督你的，还说保证放下架子，主动接受监督，还说减肥面前父子平等呢……说完去了书房。

妻子一言不发，收拾碗筷。

我傻傻地看着妻子将半碗米饭端走，早已没了胃口。

我得反省自己。

（刊于 2007 年 11 月 21 日《南湖晚报》）

儿子给我买辆车

儿子上班两个多月后，突然笑眯眯地说，要给我们买辆电动车。

我和妻子吃惊地望着儿子。儿子说，他早已想好了，要用第一个月的工资收入，给我们买件礼物，现在决定买辆电动车给我们。

儿子说得很认真，不是开玩笑。我满口答应，欣然接受。妻子也频频点头，满脸笑意。

说心里话，我不需要电动车。我上班以步行为主，边看风景边活动筋骨，每天花大概 20 分钟，从家里走到单位时，身子发热、脚底微烫。泡一杯茶，开了电脑，坐下，开始一天的工作，感觉神清气爽，特别来劲。

可是，儿子的心意让我和妻子怦然心动。

在如今这个娇宠的年代，有太多的年轻人只顾着自己享乐，儿子有此想法真是难能可贵。虽然只是小小的一辆电动车，可对于刚刚大学毕业工作才两个多月的儿子而言，投入这笔钱也是个大数字。这份心意真让我们心动，这已经不是钱的问题了，无论花多少钱，我们都应该支持他，帮他满足心愿。

周日，儿子带我们去看车，走了三家电动车商场，挨个询问，逐一比较。儿子的想法比较理想时尚，而我只记着实用实惠，我们观念有碰撞，但目标很一致。

回家讨论买车。儿子说买新日或者绿源，厂家正规一点，质量有保障。我说去亲戚家开的电动车店吧，那里销售的车虽然牌子不响，但价格实惠，性价比高。妻子自然同意我的"便宜实惠"的观点。二比一，算是表决通过。

投资数额也是个问题。儿子说要买就买配置高的，花 2500 元到 3000 元。妻子说买辆 2000 元左右的吧，能开就行了。我拍板，就买 2000 元稍出头一点的吧。儿子默认。

出资比例问题。我说让儿子出资 1000 元，其余由我们掏。儿子大喊，这样的话你们自己去买好了。我又说，那你出 2000 元，其余算我们补贴。儿子还是不同意，坚决要求送一辆完全由他出资的车子给我们。

妻子向我挤眼，我明白她的意思。我们答应由儿子全额买车。

妻子想得对，儿子出多少钱，也是我们的钱。我们贴多少钱，其实就是他的钱，我们是吃在一个锅里的一家人。我们讨论出资比例问题，其意义在于表达一种心意。

又一个周日，儿子花了他第一笔收入中的 2300 元钱，给我们买了一辆崭新的电动车。

（刊于 2009 年 11 月 24 日《金华日报》）

两个妈

我有两个妈。一个是我妈，后来她也成了我妻子的妈；另一个是妻子的妈，后来也成了我的妈。

我妈将我生在这个美好的世界上，将我一点点抚养大，一针一线给我纺纱、织布、做衣裳，省吃俭用供我上学，积攒资金给我娶媳妇，又勤勤勉勉帮我抚育孩子，直至积劳成疾、奄奄一息时，还在牵挂我、牵挂家人。

那年，我咳嗽。为了找一个好医生，是我妈背着我，从家里步行到海宁硖石。我在妈的背上睡着了，醒了，又睡着了，唾液沾湿了妈的衣服。而我妈，一刻不停地走着，过小桥，走田埂，穿桑园，连续四个多小时哪，就这样将我背到了硖石镇，给我治好了咳嗽。后来在妈六十寿辰时，我问她还记得此事吗，妈问我：你是说哪次啊？我说难道有几次吗？我只记得这一次。我妈说，你小时候啊，难服侍，小毛病多，不知道背你去了几次，我都记不清是哪次了⋯⋯妈朝我微笑，她的白发微微颤动着。我不忍再看着妈，因为我发现，妈的微笑里深藏着辛酸。

那年，我上初中了。一早，妈给我们煎了四只荷包蛋，两只让我和妹早饭吃，另两只盛入搪瓷杯子里，让我带着去上学。我忘了拿本子,折回家,看见妈和爸喝着粥,吃着水花菜。我拿出搪瓷杯说,中饭吃一个荷包蛋够了。妈说,一个不够的,你带去吃吧,我们不喜欢吃荷包蛋,还是水花菜爽口。中饭,我在学校吃着荷包蛋,眼前出现我妈我爸吃水花菜的情景。傍晚放学回家,妈做好了晚饭等我。餐桌上一碗水花菜,一碗油炖菜。妈将油炖菜推到我和妹妹这边,说快吃吧,油炖菜很香啊。妈说着,筷子伸向水花菜,将油炖菜留给我和妹妹吃。

那年,我结婚了。有一天我去外地开会,回来时给妈和爸买了吃的东西。送给妈时,妈匀出一半还我。妈说,将这些给你丈母娘带去吧,她也是你的妈。

妻子的妈是我的丈母娘,也是我的妈。这是我妈对我说的,我记住了。从此,我有了两个妈。

那年,我去丈母娘家吃饭。丈母娘夹起一块肉放我碗里,又将油的半块夹掉了。她说,你不吃油肉,这块蛮精的,多吃点。我抬头,看见丈母娘微笑着看我,心头一颤:和我家里的妈一模一样!

那年,丈母娘随儿子去了城里,一遇星期天就往乡下老家赶,她牵挂着房前屋后几分土地,那里种着我爱吃的韭菜、葱蒜头等蔬菜,她精心管理着,等收割时,便喜滋滋地送上门来。那天,丈母娘拎着一袋葱蒜头来我家,进门便笑着喊"有葱蒜头吃哩"。我说,妈,怎么拿那么多啊。丈母娘说:因为你喜欢吃啊,明年再多种点……丈母娘将劳累全融化在满足后的快乐里了。

那年,我妈因病去世了。送走我妈后,我含着泪对妻子说,我们只剩下一个妈了。妻子说嗯,也流泪了。

一个妈走了，我才发现，还有许许多多想做和应该做的事，没来得及做，就失去做的机会了。或许，我妈知道我忙着，知道我来不及做，所以没给我留下机会，就匆匆走了。可是我呢？难道真的那样忙吗？为什么在妈在世时、健康时，不早一点多做一些想做和应该做的事呢？等到妈不在的那一天，再后悔，已经无济于事，只留下永远的遗憾。

妻子问我：发什么呆呢？我说，我们只剩下一个妈了，趁妈还健在，待她好一点吧。

从此，我看见丈母娘时，叫"妈"叫得更勤了；我给丈母娘夹菜，给她量血压，告诉她保健身体的事项；让妻子时不时地给她买喜欢吃的东西，给她买衣服；邀她有时间经常来我家……

我深知，这些小恩小惠，无以回报妈的大爱。毕竟不是住在一起，我的妻弟和妻弟媳担负着绝大部分的孝心，而我们，只能给予妈短暂的、临时的、以精神为主的关爱。

我有两个妈，可是，现在只剩下一个妈了。要是有一天，剩下的一个妈也走了，那我们……

妻子也沉思着。

孝顺父母，只能"只争朝夕"，不可"来日方长"。

妻子点头。

（刊于 2015 年 5 月 13 日《嘉兴日报·绮园》副刊）

丈母娘的时装秀

年初二给丈母娘拜年,走近门口就听到了屋里的欢笑声。

笑声是从丈母娘房间里传出来的,一群儿女围着丈母娘听她说衣裳的事。衣柜里挂满了好多还没穿过的衣裳,春夏秋冬各款都有。丈母娘一件件数着说:"喏,这件是儿媳妇年初一买的,要五百多块呢,这件是儿子过年前买的,这是大女儿买的,这件……"丈母娘把衣服一件件拿出来,说完与衣服有关的故事后再挂入柜子里。忽然觉得丈母娘像展览馆里的解说员,她的衣柜是个时装展览馆。

丈母娘八十多岁了,生有一儿四女。儿女们孝顺母亲,过年过节不忘给老人买吃的穿的,丈母娘来不及穿,新衣裳越积越多。

妻子将一件新买的衣裳送给母亲。丈母娘笑着说:"叫你不要再买了,怎么又买了啊?"她随手拆掉了包装,将新衣裳挂进衣柜里。大女儿拉住母亲的手把衣服从衣柜里拖出来:"你看,又要挂进去了,刚刚我们买来那几件也被妈挂到衣柜里了,就是不舍得穿新的。"丈母娘说:"谁叫你们买这么多啊,买来这么多,我哪里来得及穿。"

丈母娘笑得咧开嘴眯起了眼。

丈母娘是"苦出身"，以前穿的衣裳都是自家织的土布衣，穿破了补了再穿，穿到后来整件衣服打满了补丁。为了抚养儿女成人，丈母娘辛勤操劳了一生，过惯了苦日子。现在儿女们都孝顺，给她买来这么多新衣裳，她是又欢喜，又愁着穿不完。

丈母娘笑得很甜，但我感觉到笑里蕴含辛酸。她一定还清晰地记得那段艰难岁月，只是大过年的不想说起辛酸。她的儿女们也没忘记那段辛酸，所以才会不断地给母亲买新衣服，明知道来不及穿、穿不完也要给她买，年年如此，乐此不疲。

大女儿提议："给妈试试新衣裳好吗?"我们都喊好。丈母娘甩着手笑着说："算了算了，太麻烦。"二女儿早已将手伸进衣柜里，三女儿帮母亲脱掉了外套。姐妹几个帮母亲穿上新衣服，叫母亲转个圈，问我们好看不好看。二女儿说："这件穿着显年轻呢，妈变年轻啦。"三女儿说："这件时髦，老太婆穿起来显得时尚呢……"丈母娘伸展着双臂，任由几个女儿摆弄，给她穿上、脱掉、再穿，咧开的嘴没合拢过："老了老了，不好看了……"

这场面有意思极了，我想到了时装表演会。我们给丈母娘拜年，丈母娘在儿女们的鼓动下当起了模特儿，给我们表演了一场老年时装秀。

（刊于 2018 年 3 月 1 日《泉州晚报·清源·五味斋》副刊）

姑妈的真情

春节前夕去乡下看望姑妈、姑夫。

车子行驶在乡间公路上，广袤的田野上基本看不到人，路上车来人往，大家都忙着准备过年了。姑妈和姑夫在干什么呢? 身体好吗?

每年春节，我与弟弟都要去乡下给姑妈姑夫拜年，给他们送点东西，因为姑妈是父亲那一辈里留下的唯一最亲的亲人了。

姑妈与姑夫七十多了，居住在大儿子造的第一幢楼房里。生有两儿一女，女儿出嫁在外。按照乡下风俗，"嫁出去的姑娘泼出去的水"，女儿对父母只需尽孝心不需尽义务，所以赡养两位老人的任务自然落在两个儿子头上。大儿子前几年在企业工作，之后放弃了，自己办了个小小的纺织厂，纺织厂亏掉了，后来开麻将馆又不顺利。由于赌博成瘾，大儿子亏掉了家底，然后跟着朋友去外省打工了。小儿子早几年也染上赌瘾，只知道喝酒打牌，忘了干正事，这几年有所醒悟，与妻子一起在集镇上开了家小饭馆，日子才逐渐走上正路。两个儿子实力不足加上缺乏孝心，所以两位老人只能靠姑妈一人种点田、养几头猪、去菜厂打点零工的收入度日。姑夫身体不好，有气喘病且没钱得到很好的医治，在家做做饭，晒晒太阳，时常叹息儿子的不孝与日子的艰难。

　　姑妈是个热心肠的人，对我与弟弟格外亲，因为我俩也是她与我父亲那层关系上仅剩下的唯一最亲的亲人了。自从我搬到县城后，姑妈就抽空来看望我们，每次都要带些放生鸡鸭、鸡蛋、芋艿、番薯、年糕等土特产，实在没啥可带时，就割两大包青菜大老远送过来。姑妈过来，我们热情招待，送她回去时，也设法送点实惠的东西给她，给她一丝安慰。

　　车子驶过齐家集镇，姑妈生活的村庄——苏家场就在眼前了。一条弯弯的沙石小路往村子里延伸，我与弟弟步行前去。给姑妈买了一腿猪肉、几瓶菜油，还有水果等，钱花得不多，但都很实惠。姑妈家关着门，钥匙插在锁孔里，屋内没人。吃饭间桌子上放着三碗中午吃剩的饭菜，一碗炒青菜、一碗青菜炒年糕，还有半碗猪血汤。灶间的一角放着两只大缸，里面腌着乡下人常吃的咸菜，灶台边上放着一大盆南瓜烧米粥，可能是喂猪用的吧。

　　姑妈和姑夫去哪里了？身体不会有什么问题吧？从钥匙插在锁孔里看，应该不会走远。我与弟弟看着凌乱和简单的屋内，感觉心酸。乡下老人的生活，现在大多仍是这个样子的，人老了没有保障，就失去了生活的支撑，如果子女再没出息或没有孝心，这苦日子就没法避免了。

　　没见到姑妈和姑夫，邻居家里也没人，我们只好将东西放着回去了。正要出门时，姑妈从后院走出来，挑着满满两桶畜肥，弯着腰，扁担将她的肩膀压得倾斜。姑妈看见我们站在饭间里，吃了一惊,立即放下担子,将腰挺了一下。我看见,姑妈挺得再厉害,也不能将身体挺得很直了,那是被长年的劳累压弯的。

姑妈年轻时身体很好,性格外向,干活风风火火,是生产队里的一把好手。她还许多年兼任着妇女队长一职,村子里的姐妹们有啥事都愿意找她说。姑妈与姑夫一起,将这个家撑大,将子女抚养成人,完成了自己的使命,余下的人生应该享受了,可是没条件享受,还得自食其力过艰苦日子。

姑妈看到一堆年货,想说什么,突然话噎住,眼圈红了。我们只是买了很少的只能表示一下心意的东西,却将姑妈触动了。姑妈习惯了付出,面对别人送给她的这份温情,心一下子热了。她往后院走去,说是有两只鸭子还没完全长大,让我们抓去吃了,我们赶紧劝住她。姑妈又往房间里走,掀开一只木桶盖,里面有20来个鸡蛋,又要拿给我们,我们又坚决谢绝了。姑妈的手在衣服上搓着,没了地方放,眼睛往四处瞟,找可以送我们的东西。一年四季,姑妈把能送的土特产都送给我们了,再也找不出可以送的了。我看姑妈难受,理解她此时的心情。我说,你去给我们割些青菜吧。我给了姑妈一个表达的机会,姑妈满口应着好好好,快速往地里去了。我看见姑妈远去的背影有些驼。姑妈割来了一大篮青菜,还有几棵荠菜。青菜青翠欲滴,似有地里野风萦绕;荠菜裹得紧紧的,抱成一团。我们削了根部,装入袋子里。

姑妈留我们吃晚饭,我们有事要走。姑妈让我们春节早点去她家喝年酒,我们又向她请了假。姑妈愣愣地站着,看着我和弟弟拎着几袋子蔬菜走远。我回头,看见姑妈头发稀疏了、花白了，皱纹像刀刻一样，身子有些驼着，站不直了。姑妈站在冷风里目送我们，我心里暖暖的、酸酸的，不忍心再回头看她，一直朝前走。

我手里拎着一只很大的马甲袋，袋子里装满了姑妈一片意犹未尽的真情。

（刊于 2011 年 7 月 18 日《首钢日报》）

"猫拌饭"

说出来你可别笑话：我喜欢吃"猫拌饭"。

家里烧鱼起锅后，放入一碗热腾腾的米饭，用勺子搅拌，让米饭与剩在锅里的鱼汁鱼卤黏合到一起，盛入碗后就可以吃了。养猫人家常用鱼卤拌饭喂食，猫喜欢吃，我给这碗饭取名"猫拌饭"。

喜欢吃鱼的人都知道，鱼肉的鲜味都烧在卤里了，所以很多人喜欢夹一筷子鱼肉往卤里蘸了再吃，或者干脆用鱼卤拌饭吃，虽然样子不雅观，但味道不错。我出去吃饭时，如果同桌没有客气的人，就端起鱼盆往饭碗里倒鱼卤，不管旁人笑话；如果同桌有客人，就假装斯文和高雅，心里想着"猫拌饭"。

"猫拌饭"比从鱼盆倒入鱼卤搅拌的米饭要好吃很多。每当家里烧鱼，我就守在锅边，像一只馋猫守着鱼腥，等妻子将鲜香色亮的鱼起锅后，我立刻将一碗米饭倒入锅里。

因为喜欢吃鱼，所以家里烧鱼比较勤，妻子练得一手红烧鱼的手艺，来我家吃饭的人都会赞叹：这鱼味道不错。烧得最多是鲫鱼，因为鲫鱼味道鲜美纯正、肉质嫩，价格又便宜。有一日，妻子的姨妈来玩，进屋时正赶上我将锅里的"猫拌饭"盛入碗里，姨妈感叹着说：连锅底的鱼卤都不舍得洗掉啊？这么省做啥呀。姨妈已吃过饭了，就坐在边上看我们吃。我大口吃着又鲜又香的"猫拌饭"，姨妈实在看不下去了，埋怨我妻子：你家又不缺钱花，干吗这么省呀！妻子有些脸红，说你问他呀。我边吞咽边说好吃。姨妈瞪大眼睛，以为听到馋猫吃鱼时在呜呜叫。姨妈不相信我的话，可我没说假话，我真的喜欢吃"猫拌饭"。

妻子从此不支持我吃"猫拌饭"了，说这是叫花子做派，烧完鱼不打招呼就将锅洗了。看着锅里的鱼卤被冲入水中，由浓而淡，流进了水槽，真的不舍。想吃"猫拌饭"只能自己抢抓机遇，等妻子烧完鱼没洗锅时，来个突然袭击，抢先将米饭倒入锅里，这样白米饭就做成"猫拌饭"了。好在我有了接班人，儿子在我的影响下，也喜欢上了"猫拌饭"，看见家里在烧鱼，就嚷着要吃"猫拌饭"。儿子的话比我管用，妻子无奈，只能继续做"猫拌饭"，还特意在锅里多留一些鱼卤，做出来的"猫拌饭"更鲜更香，味更浓了。

儿子小的时候与我分吃"猫拌饭"；稍大一些时将"猫拌饭"一人独吞；现在长大了，父子俩将一碗"猫拌饭"相互推让，最后由我一人独吞。我不知道儿子是想孝顺我才将"猫拌饭"留给我吃，还是因为这种叫花子的做派，他觉得没面子才不吃？

像"猫拌饭"这样的家庭"秘籍"是不应该外传的，可它的影响在扩大。先是姨外甥春春来我家吃了"猫拌饭"，回家后哭着要父母买鱼，烧了鱼不吃鱼肉，专吃"猫拌饭"，做了两次"猫拌饭"后，父母再也不给他做了，春春只能断了念想。后来内侄丁丁也迷上了"猫拌饭"。丁丁吃食是很挑的，那天跟着奶奶来我家做客,吃了我分给他的"猫拌饭",竟然吃上瘾了,缠着父母做"猫拌饭"吃,第二次来我家时,还骄傲地说他家的"猫拌饭"更好吃。

上个礼拜天,丁丁又来做客。我将一碗油亮发红、香气扑鼻的"猫拌饭"推到他面前,他又推回到我面前,说不吃"猫拌饭"了。问他为什么不吃了?丁丁说妈妈说的,吃"猫拌饭"长大后娶不到老婆。我问为什么吃"猫拌饭"娶不到老婆?丁丁说因为"猫拌饭"是叫花子吃的。

有意思!原来我在家里一直扮演着"叫花子"的角色。我的儿子、姨外甥、内侄子,他们曾经做过小"叫花子",在他们眼里,我是个老"叫花子",至今还是。

吃"猫拌饭"看着确实寒酸,有点叫花子那样的可怜兮兮,不上台面,属于家庭"隐私",不得外传。可是,我喜欢吃鱼,喜欢吃"猫拌饭"。与"做自己喜欢的事才是快乐的"道理一样,吃自己喜欢吃的才是最好吃的,不分高贵低下。

丁丁告诫我,吃"猫拌饭"长大后"娶不到老婆"。好在这一点我无须担心,因为我早已将老婆娶到手。我可以继续吃我喜欢的"猫拌饭",继续做"叫花子",无须顾虑。

(刊于 2010 年 7 月 16 日《山西晚报》)

吃螃蟹

在我生活的这个地方，将螃蟹作为佳肴招待客人，是在 20 世纪 80 年代后期兴起的。那个时候主人要是点了螃蟹招待客人，客人定会欣慰有加；如果谁吃公家的招待饭吃到了螃蟹，回单位后定会笑嘻嘻地对同事说：他们蛮客气的。

我第一次受到"蛮客气"的招待是在 1987 年 11 月，去邻乡参加一个会议。吃中饭的时候，我们走进了一家酒店，在圆桌旁坐定。桌面上已经摆好了六个冷盘，酒杯围成一圈，像列队的卫兵挺胸昂首。主人赵先生对服务员说上菜吧，就像战地指挥官抡起驳壳枪朝天开了一枪，战斗开始了。服务员上菜像运输弹药的工程兵，一个个轮番上下，报上菜名，菜都热腾腾香喷喷的。赵先生很好客，不停地说：来来来，吃吃吃……服务员端来了一大盘螃蟹在我面前走过，火红火红的螃蟹叠成了一堆，像一个火球在晃动。赵先生又说：来来来，趁热，动手动手…… 众人的手往盘中伸，我也抓一只放在面前。

对螃蟹太熟悉不过了，小的时候经常捉螃蟹玩，玩厌了就丢弃，可我从来不吃它，嫌麻烦，不如吃一块红烧肉来得爽快与过瘾。没想到风水轮流转，如今螃蟹成"蟹模蟹样"了。第一次吃螃蟹,不知道从何下手,我心想着:鱼在煮前是要剖肚洗净的,螃蟹囫囵一只,内脏如何处理?难道连肠子一起吃了?"老革命"碰上新问题了,不要贸然下手,还是先观察观察吧。我不紧不慢地用自己的餐,将螃蟹冷落在一边,暗地里偷看别人怎么个吃法。赵先生动作最快,他先将蟹背上的壳掀开,露出了黄黄的东西;用筷子在蟹嘴的地方将一个小小的东西夹掉,后来知道这是蟹的胃,不能吃;再用筷子在蟹壳里搅动了几下,然后将嘴凑上去嗍啦一吸,津津有味的样子。敬过一圈酒后,赵先生开始下一个步骤,将蟹脚一个个掰下来放成一堆,将肚子底上一小块壳掰掉,然后将蟹体上一条条白色的东西拿掉,后来知道这一条条白色的东西是蟹的肺,也不能吃……

吃螃蟹有这么多讲究,好在没急着动手,否则弄出笑话来。我照样画瓢向赵先生学,很熟练地吃起了螃蟹。

吃完最后一只蟹脚,面前呈现一堆七零八落的蟹壳时,嘴唇和舌头已经疼得不行了。我端起酒杯站起来说:来来来,敬各位一杯酒……

(刊于2012年8月2日《泉州晚报》)

年夜饭菜单

过大年，吃年夜饭是重头戏，这几年我家与妻弟家轮流做东，今年轮到我家。在这个特别的夜晚，亲人团聚共餐，说一年感慨、论家长里短、话美好未来，亲情浓浓，其乐融融，气氛最重要了，但菜也不能马虎。

今年年夜饭吃什么呢？

晚饭后我们一家三人议论年夜饭菜单。妻子首先报了一串：蹄髈、羊肉、虾、蟹、黄鱼、牛肉、黄鳝、鳗鱼…… 一口气将百姓餐桌上的几大件荤菜全报上了。儿子反对，说这些菜大多有问题，虾和蟹吃激素长大，黄鱼现在没正宗的了，黄鳝吃避孕药，牛肉更危险了，网上曝料说养殖户给牛喂大量"瘦肉精"之类的东西，这鳗鱼说不定也…… 妻子眨着眼睛说：那还吃什么呀？我觉得儿子说得有点道理，但不全对。我说：这些菜里可能有些问题，但老百姓餐桌上稍名贵一些的菜，也就这些了，不吃这菜，能吃什么呢？妻子见我支持她，马上兴奋起来，说对呀对呀，还能吃什么呢？

是啊，还能吃什么呢？

儿子说，年夜饭每年吃这些东西，能不能换个口味？我觉得这个思路对头,那换什么呢?想了好一会,没想出什么新花样能够替代老菜单。妻子说:大家辛苦一年了,聚在一起吃顿年夜饭,不吃这些菜,难道就吃泡菜、萝卜条、炒青菜啊?就算舅舅、舅妈他们同意,我还不同意呢。儿子说:舅舅、舅妈平时吃惯了名贵的,年夜饭就喜欢吃泡菜、萝卜条、青菜,我也喜欢吃泡菜、萝卜条、青菜,不过这个泡菜、萝卜条、青菜是"加引号"的啊。

我懂儿子所说的"加引号",指的是一种象征性思路,是今年年夜饭菜单的方向,并非具体指这几个菜。我鼓励他继续说下去,说出来一起讨论。

儿子说,应该换个角度想菜单,不需要吃名贵的,应该吃那些新鲜的、少见的、新潮的、能唤起某些记忆和某种想象的……

我拍着桌子大声说,对啊,这个思路好。那这些"新鲜、少见、新潮、能唤起记忆和想象"的菜,具体是什么呢?

我们一起思索。

妻子先报上几个:清烧甲鱼、红烧黄鱼、红烧蹄髈。呵呵,还是那几个老菜啊,我和儿子笑了。妻子说不一样了,这些菜能够唤起记忆。吃甲鱼,会想起那年父亲捻河泥时捉到一只甲鱼,有三四斤重,母亲杀了甲鱼熬成了鲜鲜的汤,让我们姐妹几个喝,补补身体,父母自己不舍得喝一口;看见黄鱼,想起以前生产队里"双抢"生产时,分给每家一条黄鱼,妈妈用柴草捆住了烧,那是正宗的黄鱼啊,柴草一松开,嫩嫩的肉一层层散开来,又鲜又香;小时候想吃红烧蹄髈却吃不到,有一次在梦里吃蹄髈了,吃得嘴巴啪啪咂响,妈妈以为我要喝水就叫醒了我,我缠着妈妈要吃蹄髈,可是哪里有啊,我哭了一场……

妻子说了一大通，还没吃就进入回忆了，差点落泪。我感同身受，而儿子对这段辛酸历史没体验，他或许体会不到咱百姓餐桌上的变化来之不易。

我说来盆蛋饺吧。用新鲜的土猪瘦肉，加入新鲜的嫩笋，再加几根葱，用新鲜的放生鸡蛋，做一大盆黄黄的蛋饺，既有本色的纯朴，又有新鲜的美味，还能吃出一些回忆，保准好吃。其实我推荐这道菜还因为我特喜欢吃鸡蛋，只要有鸡蛋的菜，我都喜欢，这与我小时候吃鸡蛋的故事有关……

儿子说：你们怎么一说菜就讲故事啊，是不是真的老了？能不能来点新鲜的，比方说炒菜心、野菜、马兰头和各种叫不出名的蔬菜，还有野兔子什么的，将年夜饭做成野生的、绿色的、价廉味美的大餐呀。

呵呵，还美其名曰"大餐"呢。妻子说就一个野兔子是荤菜，其他全是素的呀。我说有点意思，如果年夜饭餐桌上以新鲜蔬菜为主打，有新意，是一大特色，不过腊月里新鲜的野菜和马兰头不好找啊。妻子一个电话打到了乡下，问堂嫂现在地里有没有野菜。堂嫂在电话里哈哈笑着说：吃年夜饭哪有吃野菜的呀，你们想要我明天给你们割来吧。

我突然想到一个菜，一个在今年年夜饭餐桌上让两家人都感觉有新意的菜——发菜。妻子问什么是发菜啊？儿子说是发财吧？我从柜子里拿出一个红色包装盒，透明袋里装着一片黑乎乎像头发一样的东西，是我的一位博友大老远邮寄给我的。

儿子立刻去网上查到了关于发菜的资料：发菜为藻类植物，贴于荒漠植物的下面，因其形如乱发，颜色乌黑，得名"发菜"，也被人称为"地毛",是一种极名贵的食物,素有"戈壁之珍"的美誉……

妻子和儿子都说这菜没吃过,我说到时我亲自掌勺,让你们尝尝什么才是真正的原生态,让你们吃时产生想象,让思绪去荒漠戈壁旅游,让你们向往大自然、体验原生态……妻子和儿子都说这菜不错,写上菜单吧。

今天一早,堂嫂托人从乡下捎来一大包野菜,这些野菜粗壮、翠绿,叶子舒展着,它们经历了一个严冬的风霜雨雪,依然坚挺着,可见生命力之顽强。妻子抓一把野菜在手里说,一番心意啊。妻子又说,年夜饭蹄髈、河蟹之类的老件还是要的。

呵呵,吃惯了老菜单,那些"新鲜、少见、新潮、能唤起记忆和想象"且价廉味美的菜还真难找。

我说除夕早上我们一起去逛菜场吧,按照儿子说的思路,现场开菜单。

（刊于 2015 年 2 月 25 日《嘉兴日报·绮园》副刊）

新年味二题

年夜饭忆苦思甜

亲家相约去乡里吃年夜饭。亲家说，辛苦一年了，大年夜好好喝几杯。

我酒量差，亲家的酒量还不如我，一小杯下肚就脸红了。亲家说："以前自酿的米酒都不舍得大口喝，现在上百元的酒当白开水喝……"

我想起四十多年前过年跟着母亲做客吃年酒，母亲一再叮嘱这个菜不可以吃、那个菜要少吃一点。我喜欢吃的菜摆在面前却不敢伸筷子，嘴里流满口水。

亲家有些兴奋，又端起了酒杯，我也端起酒杯。跳跳凑热闹，叫着两个"爷爷"，也端起了杯子，我们一口干了。

"以前年夜饭才三四个菜，现在一桌子放不下了。"我说着。灶台那边又"嗞啦"一声，亲家母还在烧菜，劝不住。亲家说："记得那碗油豆腐天天端出端进，到后来变颜色了才开始吃。"说起油豆腐，我也想起辛酸事："我妈叫我不要吃油豆腐，可我没忍住，慌忙夹起一只又滚落到地上了……"

儿子说:"敬敬两位爸爸,你们好像真的老了,年夜饭吃成忆苦思甜会了。"儿媳说:"你们别想从前了,多想想桌上的菜怎么办啊。"

哈哈,一桌人都笑了。亲家说:"不忆苦了,现在日子那么好,开开心心喝酒吧。"我说:"好,干了!"一家人喝出了接二连三的"嗞嗞"声。

吃年酒不喝酒

饭店摆了四桌,客人来得很齐,互致新年问候后就进入年年如此的喝年酒程序了。

服务员彬彬有礼地问:"先生,您喝什么酒?"几位男客人都跟着女客人将目光瞄向饮料。我对服务员说:"他们不可以喝饮料,要喝酒的,给他们开酒。"服务员再次彬彬有礼地询问,先将目光移向大连襟:"先生,您喝什么酒?"大连襟指了指饮料:"喝这个吧。"服务员再将目光移向二连襟:"先生您喝什么?"二连襟也说:"饮料。"

几个男客人酒量好得很,今天都装秀气。我对妻弟说:"你带头吧,吃年酒不喝酒怎么行啊。"妻弟面露难色:"我也不能喝啊,开着车呢。"

这车把人管得,都妨碍喝年酒了。

服务员将目光转向几位女客人,女客人叽叽喳喳地笑,说男人都不喝酒了,女人更不喝。

吃年酒不喝酒,还一个个理直气壮,拿他们没办法。

以往吃年酒,我家客人都喝得爽,可现在……妻弟说:"喝酒不开车，开车不喝酒，是原则，这事不可侥幸。"我赞成。二连襟的铝合金装潢生意做得不错，也是"有车族"了，他虽酒量好但也被车管住喝酒了。我理解。

四桌年酒四十多位客人，总共才喝掉两瓶红酒、两罐啤酒，加上 N 听饮料。

（刊于 2018 年 2 月 23 日《嘉兴日报·绮园》副刊）

吃"碗底头"

以前在乡下时,经常遇到吃"碗底头"的事。

邻里人家办婚嫁喜事,起码热闹上三天。第一天做准备,邻里人家都去帮忙,中饭、晚饭自然吃在东家。第二天办正事,摆喜酒,邻里人家继续帮忙、喝喜酒。晚饭后回家时,东家很真诚地招呼大家明天家里别做饭,来吃"碗底头"。第三天的早餐在办喜事的人家吃"碗底头",中餐继续吃"碗底头",晚餐时东家将邻里叫全了,谢"相帮"。添几个新菜,将剩下的"碗底头"热一热,几桌人围着吃,嘻嘻哈哈的,特别热闹。

我喜欢在乡下办喜事的人家吃"碗底头","碗底头"的菜因为再加工,比正席上匆匆烧就的菜更入味,特别是回锅后的红烧蹄髈,酥软、油滑、糯性,令人久久回味。

在县城第一次吃"碗底头",我羞红了脸。

那年冬夜,我们加班晚了,领导请我们一帮人去饭店吃饭,结束时还剩下许多菜没吃完,一盆广西香芋肉片还满满的,飘散香气。领导叫服务员拿个盒子过来,将香芋肉片倒入盒内,递给我:"拿回去给你父母吃,剩着是浪费。"我唰一下红了脸。我说不要不要,心里想着,父母在乡下还没吃过这菜呢。知道领导是真心好意，可我感觉有点可怜兮兮的样子，难为情。领导将盒子塞给了我，我不好再推辞。那天父母吃着我带回的"碗底头"，说饭店烧的菜好吃，还问我这是什么芋艿，这么大，我心里涌上说不出来的味道。

后来去饭店吃饭，打包的人逐渐多了起来。看着他们吆五喝六一番后，起身将看得上眼的"碗底头"倒入袋子或盒子里，带回家。我开始时不习惯，心里嘀咕：他们怎么好意思拿啊？他们旁若无人地收拾"碗底头"，我一个旁观者却脸红了。后来见得多了，慢慢习惯了。再后来，若是我请客，席散后偶尔也收拾点"碗底头"回家，脸不再红。

我想明白了：脸红，是因为有自卑心和虚荣心在作祟；旁若无人，才是自信满满、坦荡荡的表现。是啊，好端端的剩菜，为什么要丢弃呢？这不是打肿了脸充胖子嘛。

今年春节去饭店摆年酒，五大桌，剩下好多菜。妻子边招呼客人"再见"，边忙着收拾"碗底头"。我送走了客人也帮着收拾"碗底头"，喊服务员再拿几个盒子过来。我们大大方方地把"碗底头"带回家。

全家人吃"碗底头"，吃得美滋滋的。

（刊于 2018 年 8 月 7 日《安徽日报（农村版）·芳草地》副刊）

记住那些温暖的事

这场感冒,是上天恩赐于我的。

除夕那天我就戴上口罩了,为了与空气"隔离";大年夜我将自己单独关在小房间里睡,为了与爱孙跳跳隔离。我想与这个世界暂时隔离,我怕传染上任何人,感冒的难受我来尝吧,你们都好好的,快乐过新年。

这顿年夜饭是没啥胃口了。席间,儿子儿媳塞给我和妻子各一个红包,我俩顺溜溜收下了。儿媳说:"今夜我来洗碗。"我问:"为啥?"儿媳说:"爸感冒了身体不爽,妈管跳跳管得辛苦……"啥也别说了。我说好好好,妻子含笑默许。跳跳学大人样,拿个空碗敬我酒,我以茶代酒喝下一大口,夹一块蹄髈肉送到嘴里,有滋有味地吞下了。

大年夜高烧 39.7℃,儿子多次潜入小房间,问我身体情况,给我吃美林退烧药。半夜 12 点过了,我迷迷糊糊被人叫醒,原来儿子又潜入,给我测体温,交代隔多少时间才可以再吃美林。

年初一早晨,儿媳推门进来问:"爸,感觉怎样? 去看看医生吧。"接近午间,高烧未见退去,妻子也催促快去看医生,我终于投降。儿子开车送我,陪我检查。

输液室，咳嗽声此起彼伏。这个春节，感冒没闲着，让那么多人不喝年酒，改喝盐水。过来一个小护士，给我输液。对这根小小的针尖，我有天生的恐惧心理。伸手给她，闭上眼。刺进去了，又往回拔，再刺……忍不住睁眼。小护士将眼睛差点贴到了我的手背上，喃喃地说："这根血管，很滑。"我说："没关系，我三年前挂盐水，被一个实习护士刺了4针，忍着，让她弄。做任何工作，都有个熟练过程的。"其实我的心跳在加速，生怕她再没扎成。小护士说："好了。"我睁眼，小护士有了轻松的样子，微笑着说："你真好！"忽然看见，她挂的胸牌上写着"实习护士"四个字。

年初一晚上，照例发烧，偶伴咳嗽，继续自关于小房间。儿媳敲门，递上一只梨："爸，吃这个吧，对治咳嗽有好处的。"我接过削了皮的梨，咬上一大口，满口的爽，满嘴的甜。儿子进来交代："记得量体温啊，美林要在38.5℃以上才吃，要隔4到6个小时才……"我说知道了，你说过了。我没有埋怨儿子的啰唆。跳跳已经两个晚上没见爷爷了，拉着奶奶下楼，敲门，想进小房间。房门关紧了，跳跳在门外反复地叫"阿嗲阿嗲"，叫得那个暖心哪。一扇门，隔不断温情。

年初二，继续挂盐水。临出门，儿媳交代："爸，记得带点饼干过去。"我不仅带了饼干，还带上了茶杯。

挂着盐水，喝着茶，看着微信。我的微友们纷纷发来慰问与祝福，他们或用一本正经的或调侃玩笑的方式，给我送来最真诚的关怀。这个被隔离的年，我与外界的联系没有因为关紧一扇门而疏远，反而多了一条输送温情的热线。连感冒也动容了，悄悄地退却。

妻子来电话,说今晚家里请客。我说今晚不方便吧,我下不了厨。电话那头传来儿媳的声音:"我们会烧的。"妻子笑着说:"你就等着张嘴吃吧。""噢,就等吃啊,那行。"

对面有个小女孩牙龈发炎,母亲陪着她挂盐水。有个亲戚过来看望,她们聊了好一会,说说笑笑的。亲戚临走时对小女孩的母亲说:"明天我家不请客也不走亲戚,我来陪吧。"小女孩的母亲也不客气:"好。"脸上漾满了笑意。

茶水快喝完了,护士来换药水,我说:"小姑娘,可以帮我加点开水吗?"护士点点头,接过杯子。我说:"再让我喝掉一口吧。"她递还给我,我喝掉剩余的茶水,她又接过,转身,像雪花一样飘去。一杯满满的热茶放回我面前,我说:"谢谢啊!"护士没回话。她戴了一只大口罩,只露出一双微笑的眼睛,我看见从她眼里流出的微笑,如清溪般亮澈。

喝一口茶,很香,很温暖。清洁工扫着地路过,提醒我:"杯子放在把手上危险,小心掉下去碎掉了。"他指指椅子一侧,有专放茶杯的地方。"噢,谢谢你。"清洁工已一路扫过去了。

两袋盐水下去,换来一身轻松,精气神来了。兴冲冲回家,向妻子报到,向跳跳问好。儿子儿媳都问怎样,我说好了,没问题了。我又对儿媳说:"老爸此刻最想吃个苹果。"妻子在旁笑骂:"老轻头!"儿媳削来了一只苹果,我咔嚓一大口,爽,甜。跳跳睁大眼睛看我,露出了馋相。

哈哈,跳跳啊,爷爷吃的不是苹果,也不是"老轻头"。

(刊于 2016 年 2 月 16 日《嘉兴日报·绮园》副刊)

表　哥

　　表哥是乡下人。

　　表哥已做了十多年的兔子生意，沿村收购农家淘汰下来的兔子，然后转手到县城出售，卖完兔子后经常来我家转转，有时候说上一阵闲话就回去了，有时候留下来吃顿便饭。有一次说起卖兔子的事，表哥说搞不懂城里人为啥喜欢吃兔子肉，我说兔肉好吃啊，不仅瘦肉多味道鲜，而且蛋白质含量极高，是肉中佳品。

　　三天后表哥又来了，送来了一只刚宰杀的兔子，兔肉还冒着热气。我说兔子是你花钱买来的，怎么可以杀了送人啊。表哥说你以前连猪肉都不爱吃，没想到现在也喜欢吃兔肉了。我说你挣点钱不容易，以后不可以这样了。表哥说你就当是我自家养的吧。

　　妻子将一盆兔肉端上了桌。兔肉烧得通红晶亮，撒在表面的蒜叶点点碧绿，发出特别诱人的香味。表哥说吃吃看，味道怎样。我夹一块塞进嘴里，嗯，香，鲜，味道确实不错。表哥看我吃得有滋有味，高兴地笑着，自己忘了动筷子。我看见表哥笑时，满脸的皱纹，特别是额头上的皱纹，像用刀子刻下去的，纹路很粗很深很弯曲。表哥才五十多岁，相貌明显老于年龄。

那天，我和表哥喝了好多酒，也说了很多关于乡下的事。表哥家有六亩承包田，在兼顾田里农活的同时，他每天下午骑自行车出去收购兔子。将收来的兔子分类，质量不同，价格也不一样，第二天上午去县城卖兔子。表哥将兔子装在两只铁笼子里，挂在自行车两侧，一大早就吱吱嘎嘎上路了，四十多分钟后才到达县城。有时碰上大风大雨，因为饭店等着要兔子，表哥也顶风冒雨按时送到，从不违约，等兔子卖掉，自己身上已经汗得湿透。表哥一家没有其他收入，就靠着几亩承包田和卖兔子的收入，省吃俭用，加上几家亲戚帮忙，总算造起了楼房，给儿子娶了媳妇。那年表哥造楼房，我借给他一万元，为这事表哥不知说过几次谢了。

后来的几年里，表哥每到冬天就给我家送兔子，还挑大的送，照例活杀了送上来，我们一再谢绝，甚至说了重话，表哥都不予理睬。表哥说，你们给我很多帮助，我没啥报答，送只兔子你们嫌少啊？弄得我们很不好意思。每次吃兔肉时，我眼前就会出现表哥沿村收购兔子，顶风冒雨进城卖兔子的情景，还有表哥额头那些过早爬上来的沟沟。想到这些，我心里就不好受。

有一次我去菜场买菜，碰上一个与我表哥混熟了的菜贩，他说表哥非常节俭，经常卖兔子到中午 12 点多，忍着肚子饿回家再吃饭，他家里从来不杀一只兔子吃。我将此事跟妻子说了，妻子说下次再也不能让他送兔子了。我瞎编了一个谎言，跟表哥说我得了高血压病，因为兔肉蛋白含量太高，吃了会上火，引起血压升高，所以医生说不能再吃兔肉了。表哥听了连说，是吗是吗？真可惜，这么好吃的兔肉吃不成了。我看见表哥说话时嘴角边的小沟沟一弯一弯，便心中暗喜：表哥毕竟没啥文化，搞不懂蛋白质与高血压的关系，这回送兔子的事总算有个了结了。

这一年冬天的一个周日，老天正在强降温，西北风吹得呼啦啦响，将我家的窗玻璃上吹出了雾气，雾气又凝结成水珠，顺着玻璃往下淌。我与妻子窝在房间里看电视，忽然门铃响了，我去开门，表哥站在门口，嘴巴里呵着热气，手里拎着一只刚杀的兔子。

我和妻子都怔住了。

我说怎么又送兔肉来啦？表哥不说话，嘻嘻笑着往里走。妻子说，这么大冷的天，你怎么……表哥还是嘻嘻笑着说，怎么，不让我过来吃饭了啊？我和妻子连说不是。我说，不是说过了高血压不可以吃兔肉吗？表哥将手伸到嘴边呵呵热气说，你以为乡下人好骗呀，我去问过医生了……

没想到，表哥人犟得像头牛，心细得像根针。

那天我和表哥都喝得有些醉了。我夹起一块兔肉往表哥碗里放，一定要他吃下去。表哥说我家烧的兔肉特别好吃，比他家里烧的兔肉好吃多了。

我心里清楚，表哥在自己家里从来不吃兔肉。

（刊于 2010 年 1 月 3 日《中国社会报》）

方言的味道

朋友给我发来一则方言段子,我一看,乐了。段子的内容是这样的:

> 一个地方口音很重的县长到村里做报告:兔子们,虾米们,猪尾巴! 不要酱瓜,咸菜太贵啦!(同志们,乡民们,注意吧! 不要讲话,现在开会啦!)
>
> 县长讲完以后,主持人说:咸菜请香肠酱瓜!(现在请乡长讲话!)
>
> 于是乡长上台接着讲话:兔子们,今天的饭狗吃了,大家都是大王八! 不要酱瓜,我捡个狗屎给你们舔舔……(同志们,今天的饭够吃了,大家都是大碗吧! 不要讲话,我讲个故事给你们听听……)

如果能在现场听三位讲,一定笑翻天。

我国是个多民族、地域广阔的国家,现代汉语有各种不同的方言,分布的区域很广。现代汉语各方言之间的差异表现在语音、词汇、语法各个方面,语音方面尤为突出。但由于这些方言和共同语之间在语音上都有一定的对应规律，词汇、语法方面也有许多相同之处，因此它们不是独立的语言。当代社会进入多元化时代，人员流动性增强，我们不再生活在自我的小圈子里，我们每天接触着来自五湖四海的人，身处"南腔北调"的语言环境里。这些"南腔北调"既代表了讲话人地域方言的个性，又有共同语（现代汉语）的共性，个性和共性交织在一起，碰撞出许多似是而非的趣话段子。

方言，就如颗颗小石子，给我们的生活扬起了浪花，增添了色彩，营造了情趣。多姿多彩的方言也像一只调味瓶，给生活撒入了一点味精，让你我的日子过得有滋有味、情趣盎然。

周末晚，我们到弟弟家玩。开门进去听见小侄女高声朗诵一首诗："《卧春》，暗梅幽闻花，卧枝伤恨低。遥闻卧似水，易透达春绿。岸似绿，岸似透绿，岸似透黛绿。"

见我们进去，小侄女调皮地问我们，她念的诗是啥意思？没等我们反应过来，又高声念另一首诗："《我蠢》，俺没有文化，我智商很低。要问我是谁，一头大蠢驴。俺是驴，俺是头驴，俺是头呆驴。"小侄女念完，笑得咯咯响。

我说："贝尔是大蠢驴呀？"

"伯伯没听懂，才是大蠢驴呢！"

我真没听明白，于是将两首《卧春》诗放在一起比较：暗梅幽闻花，卧枝伤恨低。遥闻卧似水，易透达春绿。岸似绿，岸似透绿，岸似透黛绿。（俺没有文化，我智商很低。要问我是谁，一头大蠢驴。俺是驴，俺是头驴，俺是头呆驴。）

哈哈，原来是方言将一首优雅的小诗误念成了一首骂人诗。

小家伙,也学会用方言唬人了呀!

小侄女突然一本正经地说:"老师说了,你们要学好普通话,否则会闹出许多笑话。"

我们也开怀大笑,将一周的疲劳、烦恼全笑跑了。

(刊于 2008 年 11 月 26 日《中华新闻报》)

土话是声声不息的乡音

喜欢去老家乡下听乡亲说一口流利的土话，土得掉了渣的土话。这些土话被文人先生们称为"方言"。

春节前去乡下，人至村口，碰上几位乡亲，热情招呼，问长问短。玉婆婆肩背一只草篰，弯着腰一步步走过来。至我跟前，喘着气，笑眯眯望着我说："那（你们）回来啦?"一绺白头发贴在额前，草篰里青菜晃悠着，婆婆的身体也在晃悠。婆婆说："老哩，嗯没（没有）气力啦哩，只会得吃，做勿动，变饭桶啦哩，哎哟，拿末（没）啥办法!"有人跟婆婆开玩笑："老哩，连饭桶啊变勿成啦哩，吃勿像才叫真勿像哩……"一帮人嘻嘻哈哈，婆婆对我说："回来看看那（你们）阿爸姆妈是伐?"我说嗯，心头涌起一股暖流。

玉婆婆一口纯正土话让我心动。父母也说着一口这样纯正土话，我听着土话长大，也会说一口纯正土话。在县城工作，离老家不远，并非远离老家的语言环境，只是近年来流动人口增加，身边南腔北调不绝于耳，听到纯正的家乡土话觉得亲切，回到老家听乡亲说土话，更能牵动我内心深处的情愫。

家乡海盐地域不大，但方言在全县各地又派生出许多支流，东西南北各有差异。我的老家在县城西北角,那里将"玩"说成"别相",而南部乡镇说成"高高"。小时候跟母亲去南边亲戚家做客,吃完中饭主人说:"去村里高高吧。"我以为主人要带我们去买糕吃,结果白高兴了一场。

回城时,又在村口碰上许多乡亲。他们从田里走过来,说那些村里村外、田野地头、家长里短的事情。他们站立在公路边,两只脚早已在劳动中练就了站立的功夫,男人将一根香烟燃出袅袅青烟,女人们叽叽喳喳、嘻嘻哈哈。玉婆婆对我们说:"还早哩,那宽伍伍(慢慢地)回好哩。"仁法家怀着孩子的媳妇走到玉婆婆背后,将一粒糖剥开了突然塞进玉婆婆嘴里。玉婆婆一惊,糖掉到地上了,弯腰捡起糖:"喔呦,老哩,拜勿倒哩(弯不下腰)。"玉婆婆挺直腰,笑着对仁法家媳妇说:"好你个障困子(恶作剧)大肚皮,欺侮老太婆好户头(善良人)!"一帮人嘻嘻哈哈笑起来。

我们赶路了。回头再望村庄,远远看见玉婆婆被草篰压弯了腰,一颤一颤往村子里走,乡亲们已四下散开,融入麦田、菜地里……

(刊于 2009 年 2 月 15 日《中国社会报》)

老同学茅草根

　　真的没有想到，在黄金周的最后一天，会遇到老同学茅草根。

　　我给手机充完值走出移动公司大门，与迎面走来的一个人相遇。这人脸黑黑的，走近时闻到他身上有鱼腥味。他的鼻子格外有特点，大大的扁扁的，看着好像眼熟，又想不起来在哪见过。他也在打量我，边走边往我这里看，我们擦肩时，都不由自主停步了。他看着我，好像要点头的样子，我朝他微笑了一下。正要过去时，我突然想到了一个人，将他的名字叫了出来，几乎在同时，他也叫出了我的名字。

　　啊，是他，三十年未见的老同学茅草根！

　　三十年哪，我们就这样各奔东西，竟无缘相会。

　　站在移动公司大门口，我们话犹未尽。已到吃中饭时间，索性找个酒店坐下来，要了三个菜一个汤两瓶红酒，边吃边忆往事说经历。

　　"茅草根"是他的外号。他学习成绩不突出，但毅力特别强，自己想做的事不管遇到什么困难，都能坚持做下去，别人拉都拉不回来，后来我们都叫他"茅草根"了，表示"野火烧不尽，春风吹又生"的意思。三十年未见,自然不好意思再叫他的外号,但我在心里还是叫他茅草根。

走出校门,茅草根就回村当了农民。不甘心面朝黄土背朝天,茅草根到处搜集致富信息。有一天他从一张报纸的中缝广告上看到,用猪胆提炼胆红素能获暴利,可以家庭生产,就动了心。父母反对,怕赔本,但茅草根认准要干的事没人拦得住。他自己到亲戚家借钱,投入数千元,做了四个多月,结果提炼出来的胆红素不合格,真的赔了本。

后来他又钻研养殖牛蛙的技术,圈了自家二亩多田开挖蛙塘,每天风宿露餐在塘边,第一年赚了,于是规模扩大到五亩。不料第二年村民一哄而上养牛蛙,牛蛙行情大跌,养在塘里卖不出去,每天干吃食,结果将第一年赚的全亏了回去。

隔了一年,茅草根了解到蛇胆药用价值高,就跟人学养蛇,半年后在自家地里又弄起了毒蛇养殖场,两年下来果然赚了不少钱。天有不测风云,有一天几个小孩子玩耍,挖开了圈蛇的墙。许多毒蛇逃到了田野里,还将其中一个小男孩的脚咬了一口,差点出人命。逃到田里的毒蛇吓着了附近农民,大家意见很大,茅草根只能将剩余的蛇处理掉,关了养蛇场。

在家无所事事不甘心,茅草根又在田里开鱼塘,搞起了淡水鱼养殖,从小范围养殖到逐步扩大,后来又承包了其他农户的土地挖鱼塘,养殖品种从大众化转向"高新特",终于形成了良性循环。与鱼贩子接触多了,茅草根又瞄上了批发与销售这块市场,在县城最大的菜市场里租了摊位,雇了人,正儿八经地经商了。茅草根说,他已经在县城里摆了十年鱼摊,挣了一点钱,两年前还在城里买了房子，现在，他也算是个小老板啦。

"难怪闻到你身上有股鱼腥味呀！"我说。

"现在还不算腥，到傍晚时才叫腥呢，干这行的，不吃鱼也沾腥啊。"茅草根说着笑了，我看见他的额头皱纹很长很深，沧桑写满脸上。

真是日月如梭，人生坎坷啊！茅草根就像野地里的茅草那样，顽强地生存，坚毅地生长。我被他的经历吸引着，被他的精神感动着，有了茅草根的精神，还有什么事干不成呢？

"来！"我举起杯子，他也举起了杯子，"将这杯酒一口干了！"两只杯子重重地碰在一起，发出清脆的响声，一干而尽。

我们互相望着，试图从对方脸上一口气读完这三十年的历史，从对方皱纹里窥视在路上的艰辛。人生不易啊！茅草根的脸红了，眼珠子四周有些水汪汪的，我的脸也很烫，我们感动着。

"来，"我们又端起了杯子，"为三十年的聚会，为一路走来的心血汗水，为忘不了的同学情……"

两只杯子碰在了一起。

（刊于 2008 年 10 月 30 日《阳江日报》）

买　车

忽如一夜春风来,小区里不仅桃花梨花满树开,而且"甲壳虫"成群结队爬进来。王先生站在 28 楼的阳台上俯视小区道路感叹:"有车族,有车一族啊……"

有车族乃当今时髦一族。开着自家靓车兜风,轻抚方向盘,立体音乐萦绕耳旁,窗外掠过一路风景,那惬意没车一族无法感悟,如果身旁再坐位靓妹或者帅哥,那洋荤开得啊……呵呵,你想体味吗?

有钱的人都买了车,率先成了有车族。稍有钱的正在伸长脖子想车、勒紧裤带攒钱、定下目标买车,这些人有了盼头,属于想车族。那剩下没有钱的呢? 只能给有车族们行一个注目礼了,对想车族们做一番评头论足,附带猜忌,然后在心里默想:急啥,等车子像手机那样普及的时候,我也会有一辆的。他们是看车族。王先生属于中间那类"稍有钱想着买车"的人。

王先生本来对买私家车是不屑的,觉得自己活动的圈子不大,县城的地域也就巴掌那么一块,骑自行车半个小时可以绕一圈,有辆摩托车跑跑已经足够了,而且现在油价日涨,养车费用不低呀。他对同事开玩笑说:"一年万元养辆车,不如养个小老婆。"那天来台风，大风夹着暴雨在空中狂舞，王先生的摩托车蜷缩在单位车库角落里出不去了，就搭同事李先生的小轿车回家。李先生半年前花13万买了这辆小车，已经开得熟能生巧了。只见他轻轻拨弄方向盘，车子跑在狂风暴雨里无所畏惧，王先生感受到了全新的滋味。李先生开导说："做人为了什么？享受呀。不挣钱不行，挣了钱不花又有何用啊……"王先生听得心突突地跳，李先生的话句句撞到他心尖上了。下车道别，李先生的车缓缓驶远，王先生投去了与以往不一样的目光。

王先生想买车了，这想法首先得到了儿子的支持。儿子在小学念四年级，班里很多同学的爸爸妈妈都是开小车接送他们上学的，而自己的爸妈只有一辆老掉牙的摩托车。有一天突然下大雨，车子跑到半路上熄火了，父子俩淋得湿透，所以儿子希望早点买车。

夫人这道关要过。晚饭后王先生将椅子往夫人身边挪了挪，又给夫人续了一杯水，夫人开始用疑惑的眼神望着他。

王先生说："看来买车是大势所趋、潮流所向了，我们家的钱离买辆车就差二三万了，我想借……"

王夫人插话："有事相求呀，难怪今晚如此殷勤。"

"不不，服务夫人是我的本职，比如说买车，是为了更好地服务夫人。"王先生施展攻关技巧，以探询的目光看着夫人。

王夫人说买车是好事啊，王先生眼前一亮。王夫人接着又说："花那么多钱买辆车干啥用呢？不就是在县城巴掌大的地方转悠一下吗？而且还要每年投入万元以上养护，还不如养护养护我的脸呢。"王夫人将手摸到脸上，年岁不饶人啊，脸是有些打皱了。

家庭买车计划没有达成一致，但王先生想车的念头却与日俱增。他开始关注各种品牌轿车的款式、性能、价格以及性价比。走在路上，他的头不由自主地跟着行驶的车子转，碰见看得上眼的名牌车就停下来多看一会，还主动给车主人递一根烟过去，于是两个人就谈得很投机。王先生由此了解了这车的操作性能与价位，离开时他会用羡慕的口吻慨叹：这世道有钱就是好啊！王先生还多次去车市看行情，那些门槛精得很的车老板们早已瞄上他了，大送笑脸不说，还塞给他一大沓促销名片。

王先生学习驾驶了，双休日泡在驾校里，回到家里累得坐在沙发上懒得动。可要是王夫人说起单位哪位同事买的车怎么样时，王先生立即坐直身子来了精神，家庭话题差点到了无车不谈的程度，这让王夫人感到厌烦。领回驾照那天，王先生喜滋滋地拎了四瓶啤酒回家，给三个酒杯满上了。儿子问今天有客呀？王夫人说中奖啦？王先生不慌不忙端起酒杯笑眯眯地说：

"各位，从今天开始，你老爸、你老公是中华人民共和国交通法核准的汽车驾驶员啦！来，举起酒杯为我祝贺吧。"

王先生的酒杯举在空中没人碰过来。王夫人撇撇嘴说没车算啥驾驶员啊。儿子问："爸，咱家到底啥时买车呀？"王先生看着夫人说："快了快了，万事俱备只欠东风啊……"

王先生不胜酒力，三瓶啤酒下肚就醉意翻腾了。睡到半夜，王先生的两只脚在被窝里不停地一伸一缩，两只手在半空中拨拉，嘴里还叽里咕噜念叨着，吵得王夫人睡不踏实。推一下，王先生说："别吵。"歇一会又动起来了。王夫人又推一下，王先生突然大叫:"吵啥,我在开车!"说完继续在睡梦里开他的车……

王夫人睡不着了。

第二天,王夫人从自己的"小金库"里取出三万元交给王先生:"星期天去把车买了吧。"

"为啥?"王先生接过钱怔了老半天。

王夫人回答:"想买车还问为啥呀!"

（刊于 2008 年 10 月 19 日《晋江经济报》）

没车的汽车生活

我没有汽车,可汽车早已走进我的生活,就像我的影子,与我形影不离。

我最早看到的出远门的交通工具是轮船。当汽笛鸣的一声长鸣,将河两边的野鸭子吓得啪啪乱飞时,我在想,啥时让我也坐一回轮船,该多好啊。那时候我还小,没看见过汽车。

第一次知道有汽车,是在20世纪70年代我上小学时。那时候村里没啥文化活动,只有一个文艺宣传队搞得很活跃,排演的革命样板戏《沙家浜》得到了县里领导表扬,并应邀去邻县交流演出。我堂哥是文宣队成员,扮演剧中的新四军队长郭建光。堂哥从邻县回来那天非常激动,与村里人说话时眉飞色舞。我听清楚了,堂哥是因为第一次坐上了汽车而激动。他们乘轮船去了县城后,改乘汽车去了邻县。那是一辆解放牌大货车,因此堂哥他们其实没有坐汽车,而是站在车斗里。我问堂哥汽车有喇叭叫吗?堂哥说当然有啦,叫得可尖可响了。我问那叫声惊飞野鸭子了吗?堂哥说路上哪有野鸭子呀,不过树上的麻雀惊飞了。

从此,汽车的印象留在我脑子里了:四个轮子飞速转动,车厢是敞开的,没车顶,喇叭叫起来比轮船响,没有野鸭子……

那天晚上,我在作业本子上画了一辆汽车,是根据堂哥的描绘加上我的想象画的,形状像一只低头行走的大公鸡,两只脚变成了四个轮子。第二天老师批评我乱画作业本,责问我乱七八糟画了什么?我说画了堂哥站过的汽车。同学们哗的一下转过头来看着我,很好奇,因为他们和我一样,都没见过汽车。

第一次见到汽车,是在读初中时,老师带着我们野营去了嘉兴。进入城市街道时,迎面开过来一辆车,是一辆用黄色帆布包着的吉普车,车子开过来时,突然呱呱两声怪叫,吓得我差点跳起来,赶紧躲到路边。汽车卷起一路尘土,驶向远方了。

第一次坐汽车,是在1984年。那年我参加工作了,因事去杭州。汽车沿着沪杭公路弯弯扭扭地行驶,驾驶员不停地按喇叭提醒前面的行人。路不平,坐在车里一颠一颠的,我感觉特别新鲜、过瘾。望着窗外闪过的风景,我看见了杭州湾里的浪潮正在追赶汽车,但很快被汽车甩向身后。

终于有一天,汽车开进了我们乡里。

那天全乡第一台自动电话在乡砖瓦厂试点开通,要举行开通仪式。上午9点多,从公路南方隐约驶来两个黑点,越来越大,变成了两辆小轿车,一辆黑色,一辆深绿色。路旁干活的农民都站着观看,路上行走的老人傻傻地看着,忘了让路。汽车驶到跟前时,我听见了轮子下发出沙沙的声音。没等领导下车,一帮人就围了上去,我知道有相当一部分人是冲着汽车而围上去的。

乡长在高声喊:今天是好日子啊,双喜临门哪,一是第一部自动电话开通,二是乡里公路第一次开来了汽车。在场的人都高兴地鼓掌。

我开始离不开汽车了,无论是工作还是生活,越来越需要汽车。我周围的许多人都买了私家车,他们成了有车族,我也沾了光,用车方便了,用的次数也越来越多了。

六七年前,当人们在议论买私家车时,我还抱怀疑态度。可是如今,街上和小区里出现了停车难的问题,有车族们抱怨城市建设者缺少眼光,将街道与小区的道路建得如此小家子气。人行道都被小轿车占了,步行的人只能走非机动车道。

五年前,我受"考驾热"的影响,报名学驾驶。那本驾驶证已经躺在抽屉里五年多了,估计已长了白毛。我虽没车,但我有驾照,算是半个驾驶人,我与汽车关系很近,我们应该算是亲戚。

四年前,妻子的弟弟说要买车了,我不再抱怀疑态度,全力支持。买车的当天,妻弟带我去外面转了一圈,看着车窗外闪过的风景,听着车内悦耳的音乐,我说:有车真好。

三年前,单位同事换新车,我随他去嘉兴车城看车。偌大的车城,车子停得一拨接一拨,远看像杭州湾起伏的波浪。走到近前,漂亮的车模小姐微笑着只露出三颗白白的牙,她们眼神里流露出热切的期盼,我只恨自己口袋里没多带钱。

两年前,我弟弟也买车了。他想车想了两年多了,离提车的日子还剩一个月时,居然在家里弄了个倒计时牌,天天数着日子。可见多么想车心切。

是啊,如今,多少人都盼着有辆自己的车啊。有条件的,早已是有车族了;条件基本具备的,正在倒计时;还不够条件的,正在暗暗努力。成为有车族，是当下最大的时尚，是大家共有的美好目标。

可是我没有车，我依然老皮老脸地白乘别人的车。

我的身边围满了汽车，汽车影响着我的生活。

我离不开汽车。

（刊于《驾驶园》2010 年第 3 期）

年　关

　　窗外响起爆竹清脆的爆炸声,窗玻璃颤抖了一下,火药和黄纸燃烧后散发出淡淡的焦香,从窗缝里飘进来。邻居张大爷推开窗户,将手掌搭到额前向远方张望。又一只爆竹像火箭升空,然后炸裂开来,纸屑纷纷扬扬随风飘散,有一片粘在张大爷的眼镜片上。

　　"哦,要过年了,又到年关了……"

　　又到年关,家家户户忙了起来。

　　小县城里的人们保留着乡村的习俗,过年前要做一系列事情。农历腊月二十四,即十二月二十四日,为"灶神"上天奏事之日,所以在腊月二十三之夜,家家户户要"送灶""祭灶",庆新年由此拉开序幕。腊月二十五,是诸神下界之日。按传统,各家各户里里外外掸尘扫除,清除一年的积灰,清理平时乱堆的杂物等。还有许多老套的传统风俗,许多人家都革新或省略了,年轻人更是不明细节,懒得做了。可请土地公公、祭祖先这两件大事还是大多数人家在年关前必做的,有些人家甚至早早地先将这两件大事做了。备一桌酒菜,点上香、烛,让缕缕青烟袅袅上扬,香味弥漫开来,屋子里就充满了年关的味道。家里人轮流斟酒、跪地叩头，心里渐渐地踏实了、平安了。

年关到了，更多的人忙碌着，他们忙出了新鲜的内容，忙出了与传统不一样的味道。

打工的三天两头往老板那里跑，要来被拖欠的工钱后，又赶紧往邮局跑，打个长途电话说：妈，车票太贵，过年我不回家了……

老板们攥着一大捆欠账单，跑得将脚丫子甩到了头顶上。

邻居张大爷他们，一天跑超市和菜市场好几趟，回来时不说腿酸脚疼，只说哎呀，这年怎么过，这年怎么过……

所有的人都在准备过年，所有的人都在往年关赶，所有的人都想从关外走进关内。

年关，就像一道坎，每个人都要跨越过去，不同的人有不同的跨越方式。窗外清脆的爆竹声像运动场上的发令枪响，冲刺就在这几天。

怎么迈过年关这道坎？

（刊于《皖东晨刊》2009 年 1 月 23 日）

鸟鸣如歌

朋友 M 向我讲述一只鸟的故事。

那天我值夜班,推开值班室门,眼前忽有一飞影闪过,定睛看,原来是一只鸟,一只很大的鸟,长长尖尖的嘴,从没见过。我不知道它家在何处,因何而来,但我想到应该放归自然。打开门,打开所有的窗,我让鸟飞出去。可是鸟没理解我的好意,或许已经吓晕了吧,一直沿着墙壁飞。突然"啪"的一下,啊呀,鸟撞在飞旋的吊扇叶片上了,几根羽毛在风中飘落……

我的心被震颤了,眼泪差点落下。那个晚上,我无法入眠,无数次劝告自己别想那鸟了,快睡吧,快睡吧,将眼睛闭上,将心静下来……

我在小镇上生活几十年了。小镇原先没这么大,单位旁边就是农田,每天一早,鸟鸣不断,我在鸟鸣声中长大、懂事,走上了工作岗位,成为现在的业务骨干。我喜欢听小鸟鸣唱,看着小鸟扑腾着翅膀飞向蓝天,我的心也跟着飞上了蓝天。

鸟鸣曾经是小镇早晨的一大亮色。鸟儿们不睡懒觉,很早就从竹林里、树林里起床了,和赶早市的人们一起到了镇里。它们停在小镇的屋檐上和电线上,看着天色一点点亮起来,看着赶市的人一拨拨多起来，看着小镇一天天兴旺热闹起来。可它们没想到，小镇的兴旺会挤走它们的生存空间，毁掉它们的家园，小镇上的有些人还将它们当成美食。没办法，它们只能远走高飞。

可怜的鸟啊，你是从千里之外回乡遭遇不测，还是苦苦坚守在此难逃厄运？唉，明晨没有鸟鸣了……我在伤感中迷迷糊糊。

"叽叽叽……"

鸟鸣！是一群幼鸟在鸣叫，声音很稚嫩很微弱，在静静的夜里却如此清晰。

做梦吗？我眨眨眼睛，伸伸腿，醒着哪。凌晨三点，这么早就叫开了，不会是……我的心腾地跳了一下，想到了几个小时前死去的鸟。难道它是这些小鸟的母亲？小鸟们来找它们的妈妈？

我拉亮电灯，顺着鸟鸣声，爬上高处，在以前装空调留下的一个空洞里发现了一窝小鸟。可怜的小鸟啊还不知道，它们已成孤儿了。

四只小鸟乳毛还没长全，小嘴尖尖长长，与刚刚死去的大鸟一个模样。小鸟们嘴张得大大的，喉咙里发出有些沙哑的"叽叽"声，它们嗷嗷待哺。

"可怜的小鸟，我要收养它们。"一上班，我便和同事们说了此事，没想到我的同事们和我争着收养小鸟……

M的讲述声在我耳边越来越轻，变成了鸟鸣，一只，两只，一

群,越来越响……我相信,小镇上鸟鸣如歌的日子将为时不
远了。

（刊于 2014 年 8 月 27 日《嘉兴日报·绮园》副刊）

取名逸事

为人父母者都想给孩子取个好的名字,绞尽了脑汁,各显其能。可是我们的方块字难侍候,取名既要顾读音又要考虑意思,弄不好就取出个带歧义的名字让人误解,被人取了绰号。

十多年前,我工作的单位与另一单位分别在楼上楼下。楼下单位职工俞晓琳结婚一年后生了个胖儿子,高兴之余为取名伤脑筋,将字典来来回回地翻,没找到满意的。一日,我路过时被俞晓琳叫住,说帮忙取个名字。我这人生性喜欢吃鱼,海盐方言"俞"与"渔"同音,就脱口而出:渔政站,俞晓琳立即收敛笑容。我将诚恳当玩笑了,俞晓琳有点不高兴。

半个月后,俞晓琳兴冲冲地告诉我,终于给孩子取了个满意的名字:俞聪睿(海盐方言读音:俞即鱼、聪即冲、睿即累,"累"是海盐农民称农田排水沟的土话读音)。我心里噗嗤一下,忍不住想笑,想到上次的尴尬,立马止住了笑。她问如何,我说蛮好蛮好,赶紧转身离开,快步上楼,终于忍不住笑出来。

这名字取得,还是跟"渔政站"脱离不了关系。每年春夏季节,老天经常突下雷阵雨,一阵大雨过后,田里的大量积水就从"累"里冲到河里,生活在河里的鲫鱼喜欢逆水而上,纷纷游进

"累"里,有的还游到了农田里,海盐人称此鱼为"逆水鲫鱼",许多农民雨后扑进"累"里捉"逆水鲫鱼"改善伙食。由此想来,俞聪睿(谐音"鱼冲累")就是"逆水鲫鱼"了,还不是归渔政站管吗?

这一次我没敢说出来,怕再扫她的兴。

千百年来形成的男婚女嫁的习俗,让因家庭条件差而只能"倒插门"做上门女婿的大男人们很没面子,一旦"倒插门",生下的孩子也要随女方姓,上门女婿们满肚子委屈和不甘。我的同事林先生脑子灵门槛精,利用给孩子取名做手脚,搞潜移默化、"和平演变"。

林先生在26岁时去王家做了上门女婿,一年后生了个女儿。取名时,林先生诚恳地说女儿姓王,在名字里加个"林"字吧。王家人看女婿可怜兮兮的样子,点头同意了,女儿取名为王林敏,很快报了户口。上幼儿园时,林先生在报名资料上将女儿姓名写成林敏。幼儿园里小朋友和老师只知道林先生的女儿叫林敏,久而久之都叫顺口了。林先生凭着自己的能力和事业有成,在家里的地位日渐提高,等女儿上小学时,索性去派出所将女儿姓名改成了林敏,然后名正言顺地入了学。

家里人对林先生私下改女儿姓名的事一直被蒙在鼓里,知道时小姑娘已经上小学三年级了。生米煮成了熟饭。王家人想想女婿这几年不容易,对王家贡献也不小,孩子不管叫啥都是王家的根,也就顺水推舟地默认了。

(刊于2009年3月26日《红山晚报》)

劝　人

　　堂叔病倒了，得了肺癌。我去看望他，去的路上在想该如何劝慰他。

　　堂叔知道自己得了肺癌，但严重程度他不了解。亲属没将全部真相告诉他，是希望减轻他的心理压力，有利于治疗，所以谁都不愿捅破"窗户纸"。

　　堂叔做完化疗没几天，刚从上海回来，我进去时他正躺在床上休息。我坐在堂叔的床头，看他略显消瘦的脸，劝慰说："没事的，现代医疗技术对治疗此病已经很成熟了，而且上海医院集中着全国一流的专家，你会康复的。"

　　堂叔将手甩了好几下说："没办法的，治不好的，死刑已经判出了。"堂叔显然察觉到了我劝慰话里的客套。

　　我手捧茶杯，轻轻吹拂浮在水面上的茶叶，那些茶叶翻了几个筋斗后迅速沉入杯底，我借此理了一下思路。堂叔是场面上人，事业有成，临近退休，社会阅历丰富，平时我们聚在一起时有说不完的话，可是此刻，我竟然无从说起。

　　堂叔的两个女儿在寻找从上海医院带回来的病历，堂叔借此问了几个问题，他的女儿都自圆其说骗了过去。我清楚，关于这些问题,堂叔的家人们早已统一了口径,并且在心里演练了许多遍,所以当堂叔盘问时,他们才会不慌不忙。可堂叔是有知识的聪明人,他要拿过病历亲自过目。当他看到核磁共振诊断书上写着"脑部多处并发病灶",还有一张放疗单上注明放疗位置是头部时,很警觉地问:"为什么肺部得病弄到头部了?"

堂叔的大女儿解释:"是专家为了、为了……"她大概对此问题没有思想准备,出现语塞与慌乱。

我忙接过话头:"上海的专家毕竟是全国一流的,他们已经预想到了此病可能出现的并发症,所以提前采取预防措施,将预防措施做在前,就万无一失了。"堂叔的大女儿连说是这样的,堂叔也就不再追问了。我看见堂叔的目光转移到了别处,若有所思。他在想他的问题,他心里可能藏着自己的一本账。

坐在堂叔床头一个半小时,我感觉难受,不是身体累,是心累。没话说时找话说,有话说时要想想是否可以说、怎么说,遇情况时要临场发挥,编故事,编完故事还要回味一下是否说漏了嘴……劝慰这样的病人,比垦一亩地还要累许多。

生活中难免劝人或者被人劝。劝人者不管说了什么都是善意的,被劝者听着,虽理解对方的善意,但未必听得进心里,因为有些被劝者的心里像明镜一样亮堂着,劝人者与被劝者之间往往只隔着一层窗户纸,不想捅破而已。我的堂叔或许就是这样的被劝者。

"劝"的意思是讲明事理,使人听从,常用的词语有规劝、劝导、劝解等。为了达到使人听从的目的,劝人者往往会编一些谎言骗对方,这些谎言因为动机不坏,所以被称为"善意的谎言"。

我坐在堂叔床头仅一个半小时，连说了几次谎言。但愿聪明的堂叔难得糊涂，能够听信我的谎言，然后将谎言变成他身体里驱除病魔的强大动力。

（刊于 2010 年 4 月 16 日《银川晚报》）

守在门口的情谊

林大爷住在我家对门,人特随和热情,跟楼道里的邻居走得都很近,还不时为我们行个方便,比如给我们打个电话提醒说窗户忘了关,送水的来了他帮助将水暂收一下,这样的小事他做得多了久了,我都记不全了。但有一件事我印象特别深刻,因为这件事我让70多岁的老人受了累,心里一直很内疚。

那天我们全家人都出去了,我和妻子去超市购物。妻子先下了楼,又打电话说,外面有点凉,让我赶紧带件外套下去。我匆忙换鞋下楼,与妻子会合。那天我们在超市逛了很久,人多到处排队,耽搁了好长时间,赶回家时,已近午饭时间了。

我们拎着大包小包上楼,走到四楼楼梯口时,碰见林大爷站在哪里捶自己的腰。看见我们上来,林大爷立即大声惊呼起来:

"哎哟,你们总算回来啦!"

"老林有事找我吗?"看他急切的样子,我忙问。

"等你老半天了! 你看看……"林大爷手指我家的门。

门与门框间露着一条五六厘米宽的缝。

"门没关还是?"

"好你个马大哈啊! 不记得啦?"林大爷调侃的口气里带着

埋怨。

　　真的忘了关门，竟把林大爷老夫妻俩累着了。

　　原来，我因匆忙下楼，忘了关门。林大爷下楼去给孙女买吃的，路过四楼时，看见我家的门露着一条大缝，以为我们人在里面，也就不以为意，下楼去了。上楼时，门还开着，林大爷觉得有些奇怪了，因为我们平时从来不开门，林大爷也从来没见过门露着一条缝的。前几天小区里刚刚发生盗窃案件，一户居民家的金银首饰被偷走了。林大爷起了警觉，拉开门往里瞧了瞧，没见人影；又喂喂叫了几声，也没人应；走进屋，大声问是否有人，还是没声音，他知道我们都出去了。林大爷赶紧退出来，随手关门，快关上时，突然停住了。林大爷忽然想到，要是我们出去时没带钥匙，门关上了不是进不去了吗？林大爷曾经遇到过这样的事，后来打了119电话，请消防战士开了门。林大爷让门继续露着一条缝，又想到万一楼道里吹过一阵风将门关了怎么办？于是将门锁保险打开，才上了楼。

　　林大爷抱着孙女，又想到了楼下的门开着，小区人员进出杂，要是碰上小偷，不是开方便之门了吗？林大爷越想越着急，像自家的门开着一样不放心。

　　"门开着总归不安全，万一进了小偷怎么办？"林大爷对老伴说。

　　老伴知道林大爷的心思，接过孩子："你去帮忙看着点吧，孩子我来抱。"

　　林大爷下去了，站在我家门口，一会看看屋内，一会儿望望窗外，一会儿又捶捶自己的腰，站得脚酸了，就在楼道里走动几步。半小时后老伴下来了，让林大爷上去抱小孩，顺便坐一会，她知道林大爷站久了腰疼。林大爷在家里坐了十来分钟,又下来换老伴了,老两口像站岗的战士一样,轮流守着我家门口,直到我们回来……

没想到,当一次马大哈竟让两位老人受累了两个小时,感动之余,我们很过意不去。妻子拎出刚从超市买回来的一只烤鸡和一箱蒙牛鲜牛奶,让我给林大爷家送去。我敲开了林大爷家的门,这是我第一次走进林大爷家里。林大爷见我拎着东西,说什么也不要,与我推推搡搡了好一阵,累得林大爷气喘吁吁。我让林大爷坐着歇息,我也坐下来。我看见对面墙上贴满了奖状,仔细看,都是林大爷的,什么优秀党员、先进党员、学员积极分子、优秀党务工作者等等。

原来林大爷是共产党员啊。林大爷呵呵笑着说,他已经有40多年的党龄了。林大爷老伴说:"他呀,总是不忘自己是个党员呢,今天在你家门口站岗,他还说自己是党员应该给邻居行个方便的。"

我突然对平日一直和蔼可亲、随和的林大爷有了新的认识。

临出门时,林大爷一定要我将东西拿回,说如果不听他的话,以后就不理我了。我怕再与林大爷推搡,扭坏了他的腰,赶紧作罢,可我心里很内疚。

我拎着东西走进家门,感觉门口站着林大爷;关上了门,还是感觉林大爷站在门口,张望、捶腰、踱步…… 一位老党员的形象越来越清晰起来。

(刊于 2010 年 6 月 25 日《中国审计报》)

窗前明月光

弟弟一家人刚走。今晚我们聚在一起喝酒、吃月饼。说好一起赏月的，弟弟他们却被央视的中秋晚会吸引了，急急地走了。我坐到窗前，打开电脑，进入网络世界。窗前，一捧晶莹的月光如水一样泻进来，与屋内灯光交融。今晚的月亮好亮，高高地悬挂在远处屋顶上，像一块圆圆的月饼，散发淡淡幽香；像一盏银色灯笼，发出盈盈光亮。

往日这个时候，我游走于博友的"家"，可是今晚无心"串门"，我要守在窗前，守住月光，今晚我为这朗朗明月所牵挂。

自古至今，有多少文人墨客倾尽智慧精华，写下无数赏月诗篇；又有多少多情的乐人歌手，早已将美妙的音符献给了中秋的月亮。可是此刻，我家窗前的这捧月光如处女般纯情，像水一样温柔，正在自由地流淌……

音乐盒响起熟悉的旋律和美妙的声音，歌手苏红倾情演唱："月亮走我也走，我送阿哥到村口。阿哥去当边防军，十里相送难分手……"

有朋友在 QQ 里向我招手，问我此刻在干什么，我说听歌赏月。我将歌词复制粘贴过去，问她想到了什么，她说想到了《荷塘月色》。

朱自清先生的《荷塘月色》是写月下风景的名篇。我还清晰地记得其中的佳句："月光如流水一般,静静地泻在这一片叶子和花上。薄薄的青雾浮起在荷塘里。叶子和花仿佛在牛乳中洗过一样……"朱先生在写月下风景的整个过程中一直充溢着淡淡的喜悦,但终究难抑心中哀愁,"落下参差的斑驳的黑影"和"峭楞楞如鬼一般"这两句,就足以搅扰了温馨的美景,破坏了喜悦的心情。

而我此时,与朱先生当年的心境完全不同。红酒的颜色悄悄爬上我的额头和脸上,醉意蠢蠢欲动。月亮走到了我家窗口,泻下一片银光,淌满小区,还有我的书房。

"月亮走我也走,我送阿哥到村口……"

在月光下听苏红唱月亮,让我有了更多联想。

"阿哥去当边防军,十里相送难分手。啊……天上云追月,地下风吹柳,月亮月亮歇歇脚,我俩话儿没说够……"

我仿佛看见,在一个皓月当空的夜晚,月光下,一对恋人沿着村口的小河边,边走边聊,脚步缓缓,话语绵绵。晚风吹拂,杨柳依依,月色给这对恋人披上迷幻的银装。这样迷人的夜晚是最适合谈情说爱的,可是小伙子没停下脚步,因为月亮在牵着他走,因为保家卫国的光荣任务正在前方等待着他……

真是好样的,小伙子!为了祖国这个大家,你可以收藏爱情、放弃小家。正因为有了千千万万像他这样的好小伙,才有了我此刻的静心听歌、安心赏月。

我关了电灯,让月光尽情流淌,让我的头发、眉毛全部浸润在月光里，让心在月光里游动。天苍苍，夜茫茫，明月普天，照耀在祖国的千里河山、万里边疆。在戈壁、在沙漠、在海滩、在深山老林、在城市乡村，此刻到处都有我们的解放军和武警、公安战士，他们披星戴月，坚守在保家卫国的岗位上。

推窗望月，皓月当空。

今夜，我的小区很安静。月光洒落在屋顶、草坪、树梢，还有像甲壳虫一样挤挨着的汽车上。远处的高楼在月光里有些朦胧，窗户已经没有了光亮，任皎洁的月光倾泻流淌。小区里的居民大多睡了，我清楚地听见了从隔壁房间传来的舒畅的鼾声。

今夜的月亮好圆好亮。窗下的草坪里，小虫子正在唧唧鸣唱，风中的树梢在月光里晃荡，就像一把把划船的桨。此刻，我觉得我的小区就像一条船，我的家是一间船舱，我们在月光里合力划桨，朝着一个共同的美丽方向……

月亮走过了长长一段路，走到了小区广场的旗杆顶上。就在前天早上，这里举行了庄严的升国旗仪式，我看见鲜艳的五星红旗迎着朝霞升起，我看见伫立的市民们注视国旗的目光是那样庄重和安详。此刻，空旷的小区广场舒展肢体，正在拥抱皎洁的月光。

今夜，我家窗前的月光如水一般清澈透亮。

今夜，小区很安静，市民很安康。

今夜，国家很安宁，国人好温馨。

（刊于 2014 年 9 月 10 日《嘉兴日报·绮园》副刊）

胖与瘦

去镇里,有半年多不见的朋友瞪大眼睛望着我:"怎么这么瘦了?"

回了趟乡下老家,婶娘盯了我好久,悄声问:"最近身体正常吗?"我诧异:"怎么?"婶娘说:"为啥这样瘦了?"

婶娘的真诚问候,让我心里有些发毛。瘦成吓人的样子了吗?

晚上去卫生间大镜子前看自己,嘴巴眼睛鼻子都好好地停在原位,额头皱纹是深了一些,眼侧鱼尾纹延长了一些,脸上的肌肉好像薄了一些,两个颧骨好像突出了一些,除此之外,没大的变化呀。

请妻子"会诊"。我在妻子面前笔直站着,妻子一愣,旋即笑了:"发神经!"我说:"请你仔细看看,有啥明显变化?"妻子说:"美得你,老皮老脸的,还想啥变化呀。"

我说了别人对我"瘦了"的反应。妻子当真瞄我一眼:"嗯,是瘦了,瘦了好啊,千金难买老来瘦。"

瘦了,体检单上箭头没了。医生将了将遮在额前的一缕长发,抬头望我一眼:"哟,小年轻的身体啊。"我立马精神,有一股劲涌上来。

再有人说我"瘦了"时，我像祥林嫂那样反复比画我的化验单子，描述女医生闪过的漂亮眼神。

我决定，继续我的锻炼和节食，保持我的"瘦了"。

我年轻时一直很瘦，像穷人家的孩子一直没吃饱饭的样子。我妈经常叹息："吃得蛮多啊，怎么不长肉。"我也不知道为啥，肉总是没多长，很羡慕长满了肉的人。

37岁那年，有人说我胖了。我诧异，当晚去镜子前照了又照，发现是胖了，只是胖得没到那人惊叹的程度。慢慢地，我的皮带扣往外移，小肚子也突出来了，脸越来越丰满了，下巴底下有小肉挂下来了……有人说我有福相了，甚至有人开玩笑说我有官相了。

知道他们在善意调侃我。是否有福还不清楚，得走着瞧，但我很清醒，官相是不会有的，胖死了也不会有。

单位组织体检，一张化验单向我敲响警钟：有6个箭头朝上，1个箭头向下。医生的手指在桌面上敲了三下，然后扶一下眼镜看了我一眼：亚健康，你得加强锻炼啦！

下决心减肥。先是节食，紧跟着跑步，接着又禁止家里买肥肉。跑了几个星期步，慢慢坚持不了了，节了两周食，肚子饿得咕噜叫，下班路上看见面包店里热腾腾的雾气，馋得我吞口水。

体育馆，每晚10圈，5公里以上，跑步、喘气、出汗、腿酸。

膝盖跑疼了，拍个片子，医生说："改走路吧，有氧运动，每晚快走40分钟以上，是最佳健身方式。"听医生的话没错，我开始走路锻炼，每晚加码到不少于50分钟，不停地飞快地走，走到脚筋吊牢、小腿肌肉发酸。

坚持，效果很好。膝盖不疼了，身上出汗了，脚筋不吊了，肌肉不酸了，脚底有力了……

烦恼跟着来了。好久不见的熟人都惊讶我"瘦了"，有点顾虑的人说话吞吞吐吐躲躲闪闪，没啥客气的人高声喊："你最近怎么这样瘦啦?"照顾我面子的人凑我耳边悄悄说："身体正常吗? 去检查一下吧。"

人言可畏，便去找医生，医生睁大眼睛问："你体重标准、体检合格、身体健康、感觉舒适，在担心啥呢?"

数张化验单证明医生是对的。

我错在哪里呢?

（刊于 2018 年 8 月 13 日《承德晚报·热河泉》副刊）

干爸干妈与湿爸湿妈

与朋友聊天，说起干爸、干妈。

为什么在爸、妈前加一个"干"字？与之相对应，谁是"湿爸""湿妈"？

朋友们面面相觑，笑话我奇思异想。

前一个问题，是我在少年时问过父母的。当时他们看着我，没说话，然后母亲瞪了我一眼：瞎想想！渐渐长大后，去干爸干妈家做客我仍然会想到这个问题，只是缺少追根问底的勇气，搁下了。

后一个问题，是在谈论"干爸干妈"话题时，突然从我脑子里冒出来的新问题。

在我很小的时候，父母就给我拜了干爸、干妈。年幼时，每年春节跟着母亲去干爸干妈家做客人；长大成家后，每年春节我都去拜访干爸、干妈。见面时，我用家乡方言叫一声"寄爸""寄娘"。干爸、干妈微笑着请我坐，热情地招待我。

"干爸""干妈"，是南方人的称呼，北方人称"干爹""干妈"。我的家乡浙江海盐用方言叫作"寄爸""寄娘"。只有拜了干亲后，才会有"寄爸""寄娘"，家乡人将拜干亲称为"过寄"。

我问过母亲:为什么要给我过寄个"寄爸""寄娘"? 母亲说:别人家孩子都有"寄爸""寄娘",不让你落单,就给你也过寄一个。

在乡下,当年大多数人家的孩子都过寄了"寄爸""寄娘"。如此风俗的形成,除了有跟风因素外,还与一份担忧有关。以前医疗条件差,农家生子夭折情况常有发生。就算生下了,也是疾病难挡,娇贵难养。父母们怕自己命中无子,就借"拜干亲"消灾免祸,保住孩子。

"拜干亲"的习俗,因地域、民族和文化背景的不同,在礼仪礼节方面存在较大差异。小时候,村里有伙伴拜了干亲,我们会去打听吃到了啥好东西、有没有红包、干爸干妈是否给了新衣服,对父母们操持繁杂的礼仪并不关心。父母们看着我们垂涎欲滴的样子,便凶上一句:"只知道吃吃吃,不晓得长大了要还的。"

乡里流行一句方言民谣:"寄爸亲,料子亲,浇一浇,兴一兴……"料子是指一种舀水浇菜的工具,兴即兴旺的意思。当时不懂这句民谣的意思,长大了才知道,干亲毕竟不是血脉相连的亲戚,需要礼尚往来才会热络,一头热一头冷或者两头都冷,亲戚关系就维持不长久。进入新时代后,这种拜干亲的风俗不时兴了。

为什么称过寄来的爸妈为"干爸""干妈"? 与之相对应,亲生的父母是否就是"湿爸""湿妈"?

查阅资料。解释一:中国传统中,常用"舐犊之情""母爱润泽生命"等词句来形容亲生父母爱子女,"含水量"比较大,而相对于非亲生的父母，就是"干"的了。解释二：水是生命之源——亲生父母是给予子女生命的人，自然是"湿"的；而后来认的父母（干爸干妈）没有给予生命，与干儿子、干女儿没有血缘关系，不能称为"源"，因此就用"干"来称呼。

（刊于 2018 年 11 月 19 日《德江报》副刊）

挂盐水

牙炎引发高烧,去医院,医生开了张方子说挂盐水。

注射室里人很多。那些人的脑袋和从架子上垂下来的输液管相互缠绕,远远望去像一片枝蔓丛生的树木,护士们在其间东奔西走,像一只只飞行在树林里的白鸽。

找个位置坐下,等待挂针。

很少去医院,更不愿挂盐水,看着那根尖尖的针刺进活生生的皮肉,胆怯。怪这倒霉的牙齿,让我无奈地走进这个地方,眼睁睁看护士们将针刺进皮肉。护士的手很细巧,纤瘦的食指弯曲着弹那根细小的输液管,像弹奏琴弦那样轻巧。两根手指捏住针头,像巧手的农家女捏住一根绣花针。当然,接下来的景象没有巧女绣花那样悠然美丽了,我看见针头刺进了皮肉里,又拔了出来,病人皱了一下眉,护士换了一根针,再刺。不忍心看,我目光游离,看到了挂在她胸前的"实习护士"的牌子。原来小姑娘还是位实习生,难怪她的动作像绣花般优美,却缺少专业护士的沉稳与果断。大概因为暑假吧,医院里实习生特别多,光注射室里我就看到有三名护士挂着实习的牌子,虽然她们同样穿着白大褂,但"实习"两个字,让我心生忧虑。

但愿我……

一位护士推着注射车站在面前，微笑着问我姓名，对上了号，问我挂哪只手。突然看见她胸前晃动的牌子，四个字很醒目：实习护士！

是一位20岁左右的姑娘，戴一顶像纸鹤一样的护士帽，淡蓝色口罩很宽大，遮住了整个脸，只露出两只很明亮的眼睛看着我。

真是担心什么来什么。我伸出左手，实习护士将一根很有弹性的橡皮管拴住我的手臂，然后在我的手背上拍拍摸摸再细瞧，我知道她在寻找适宜的血管。找到了，实习护士又用食指在血管部位轻轻按了几下，大概是在找感觉吧，然后用棉球擦了一会，将针尖对准了被按的部位。针尖刺进皮肉，感觉到蚊子咬一样的痛，深入，往回拔，再往里刺，感觉到不一样的疼痛。将盐水管开关拧松，盐水滴落，扎针部位隆起一个包，疼痛程度加剧。我提醒实习护士漏针了，针被拔出，我按住针口，疼痛。

实习护士说了声对不起，换一根针，我换右手，再试。重复前面的准备动作，然后针尖又对准我的血管，我感觉到了心跳在加速，我对接下来的结果无法预知，有一种不祥的预感，预感在增强……不应该有如此恐惧，可是看着那根闪亮的针，看着她纤瘦的手指和有些迟疑的表情，我忍不住紧张。突然想起电视剧里的情节，那些坚强的战士在没有麻药的情况下，咬着牙让医生从身体里取出子弹，顿觉羞愧。

我舒了口气说继续吧，握紧拳头，闭上眼睛。感觉她的手指又在摸我的血管,然后针尖刺进了皮肉,在往里深入,寻找位置,纠正方向,再往回拔,有了异样的疼痛……

我睁开眼睛,实习护士的眼睛快贴到我的手背了,修长的身子弯成了90°,那根针还在血管里或许是在血管的外围寻找准确目标。我一急,连喊拔出拔出。针被拔出,我再次按住针口。实在不敢再试,要求换护士。实习护士说着对不起,羞愧地跑去叫别的护士。

过来一位30来岁的护士,微笑着对我说,几个实习生已经练得很不错了,刚才可能没找到感觉,或者因为光线偏暗,对不起啊。我看见实习护士站在旁边低着头,我说没关系的,重来吧。说话间,护士已经将针头插进皮肉,进入血管,输液管里有了回流的血,贴上胶带固定,完成了。

我将身体靠向椅背的那一刻,护士给了我一个很温情的微笑,潇洒地转身离去。实习护士跟着离去,回头看我一眼,目光里写满歉意。

清澈的药水缓缓滴入我的血管里,正在与我的血液进行有效重组。我闭上眼睛养神,眼前不停地晃动着护士潇洒转身的身影和实习护士歉疚的目光。这个潇洒转身的身影好美丽啊,令我心动;而实习护士歉疚的眼神在我心里滋生出一阵阵的怜惜。实习护士与我儿子年龄相仿,她在我眼里还是一位正在学本领并努力想做得更好的孩子啊,她今天在我身上的两次努力虽没成功,但也是练习的机会,如此练习提高,才会掌握熟练的技能为患者服务。

如此想来，我为刚才没忍住痛而喊着换护士而羞愧，也为多吃了两针痛苦略感欣慰。

（刊于 2018 年 6 月 30 日《中国三峡工程报》）

一只放生鸡

有些东西可以用钱买,有些东西无法用钱衡量。比如说那天我家里煮的放生鸡,原汁原味的香,香飘满屋,香得不一般。

（一）

这只放生鸡来之不易。

那是长假第四天,我待在家里没出去,全家人团聚在一起,共享天伦之乐。吃过午饭,妻子让我去外面报摊上买份杂志,我才下了楼。

小区门口人来人往,保安照例对进来的陌生人进行一番询问。我走到门口,正要与保安招呼一声,突然从保安室里传来叫我的声音,呀,是乡下的王婆婆!

"总算找着你了!"王婆婆从保安室里走出来,手里拎个蛇皮袋,袋子的一侧剪了个小洞,一只鸡头从洞里伸出来,晃动鲜红的鸡冠,东张西望。王婆婆看见我,松了一口气,如释重负。

保安告诉我:"她已经等了你两个多小时啦,找不到你家,中饭还没吃。我看她站在门口可怜,就让她坐在里面等。"

王婆婆又送放生鸡来了。我忽然想起,王婆婆还没去过我的新居，这个小区也是第一次来。

她是怎么找到这里的？

（二）

到家了，我们让王婆婆坐着，赶紧加几个热菜。王婆婆硬将我妻子从厨房拉出，她说桌上这些剩菜已经很好了，不让我们加菜。王婆婆节俭惯了，每次来都这样，不让我们为她多花钱。看着王婆婆大老远赶来吃剩菜，我们很愧疚。

王婆婆是我乡下的一个老邻居，两个儿子经济不宽裕，老夫妻两人单独住在三间平房里，靠养几只鸡和兔子换点零用钱，日子过得很俭朴。五年前，老头子肺炎发作住在县城医院治疗，王婆婆打听找到了我家，借去了三千元钱。后来这三千元分三次还了两年半，每次来还钱，王婆婆总是拎只放生鸡过来。钱还清后，王婆婆还是不忘在春节、国庆几个大的节日给我们送放生鸡。我们知道这鸡是王婆婆老夫妻俩用来换零花钱的，坚决不肯收，和王婆婆推推搡搡，有一次弄得王婆婆流泪了。我们拗不过，只得收下，心想着以后有机会给她一些帮助。

王婆婆吃完饭，给我们讲述了找到这里的过程。

（三）

早上，王婆婆起得比平日早。老头子身体不好，她烧好了早饭，喂完了兔子和鸡，又挑了一只个大的雄鸡绑了，放入蛇皮袋，怕鸡闷死，又在袋上剪了个洞。做完这一切，王婆婆就拎着蛇皮袋出去乘车了。

到县城车站下车,晕头转向的,长年生活在乡村田野,难得去城里,王婆婆感觉很不适应。她牢记着我家的地址,手里紧抓着蛇皮袋,一路打听一路走,终于找到了我家原来的小区。王婆婆敲门,出来一个不认识的女人。

"你找谁?"女人问。

"我就找这家呀,你是他们家什么人?"王婆婆反问。

"我就是这家里人呀,你找错门了。"女人说。

找错啦？王婆婆自言自语着,下了楼,回到小区门口,重新凭着记忆走进来,一幢一幢地数,找到了,敲门,出来的还是那个女人。女人说:"你要找的那家已经搬出去四个多月了,房子也卖了。"

"你知道他们搬到哪里啦?"王婆婆问。

"不知道,听说搬到一个新的小区里了。"门关了。

王婆婆在门口傻站了一会,下楼继续打听。

小区门口有辆三轮车。王婆婆凑过去问车夫:"新的小区在哪里?"

三轮车夫微笑着说:"上车吧。"

王婆婆不舍得花钱坐车,就说:"我不坐车,就想打听一下。"

三轮车夫收起笑容说:"新的小区有两个,一个是核电的,另一个是县城的,你去哪一个?"

王婆婆说不上来,只能盲目往前走,蛇皮袋一晃一晃的,撞在她脚上。走到一座桥边,王婆婆向一位钓鱼人打听,钓鱼人手往北边指了指,说离这里不远处有个今年才住进去的小区,让王婆婆去试试。

王婆婆根据钓鱼人的指点，走到路口往左拐，再到路口往右拐，终于找到了我家现在住的小区，可是不知道我家住几幢几号，于是就在小区门口死守，等我家里人出来。

（四）

王婆婆讲述着送放生鸡的经历。她为自己成功找到我们而感到自豪，也为寻找过程中碰到的有趣事情而发笑，像在讲故事，又像在说笑话。

我们轻松不起来。一只放生鸡的曲折经历搅动了我感情的波澜。

在城里住得久了，常常怀念乡下放生鸡的美味，而正宗的放生鸡在城里很难买到。王婆婆家里养了二十来只正宗的放生鸡，老两口不舍得自己杀一只吃，却念念不忘给我家里送来一只，就为了五年前我们曾经借给她三千元钱。钱早就还清了，可感恩之心在王婆婆老两口心里扎了根。王婆婆送来的不仅仅是一只放生鸡，还送来了一份原汁原味的浓浓乡情。

王婆婆帮我们杀了鸡，我妻子点燃了煤气灶，不久，香味就从锅里飘散开来，那种醇醇的、原汁原味的、沁人心脾的放生鸡的香味，立刻飘满了整个屋子。王婆婆没时间和我们一起吃这只放生鸡，她牵挂着家里的老头子，还有那几只兔子和放生鸡，她要回去了。

我送王婆婆到车站。王婆婆微驼着背走上回家的汽车，她回头跟我告别时，脸上挂着满足的笑容。我知道，她为实现了自己的心愿而高兴、满足。

这就是乡下人,他们是我的父老乡亲!

(刊于《青少年日记》2009 年第 2 期)

左撇子

　　因为左撇子，并不聪明的我居然被冠以"聪明人"的头衔。不知何时起，人们视左撇子为聪明人的标志之一，尝够了左撇子之苦的我一反常态地被羡慕的目光包围。

　　听母亲说，在我很小的时候，有一天我想要拿筷子吃饭。母亲好奇，将一双筷子递到我右手上，我伸出左手接住了。母亲缴下筷子，再次递到我右手上，我缩回右手，又伸出左手接住筷子。母亲让我用右手拿筷子，但我左手紧紧捏住筷子，瞪着眼睛看母亲，生怕再被缴了。母亲没再当回事，由着我玩，我第一次用左手拿着筷子在碗里乱扒。

　　我左手握筷子越来越熟练了，有一天，母亲突然意识到了问题的严重性。那天母亲特意花了半个多小时的用餐时间，教我改用右手握筷子吃饭。可是习惯已成自然，我左手握筷已经顽固不化。母亲急了，夺过我左手握着的筷子，我躲闪着，筷子将饭碗顶到了地上，碗碎掉了，饭粒撒了一地。母亲火了，在我左手上狠狠拍了一下，筷子掉了，我哭了。

　　18岁那年，我高中毕业。母亲说，你吃饭的样子，难看死了。我知道，母亲又在说我用左手握筷子的事了。母亲说，谁像你这样用左手拿筷子啊？等找了对象，看你有脸去丈母娘家吃饭！母亲已经不止一次地假设，因我左手握筷子吃饭而不受丈母娘家的人欢迎。母亲的担心并非多余，当年左手拿筷子吃饭的人被视为异类，有教养不端之嫌，遭长辈鄙视。有一天，母亲说有人给我做媒，过几天去女方家里见个面。母亲有些严肃地说："你真得改改拿筷子的手了。"

我真的动心了，试着右手拿筷子吃饭。小小一双筷子，握在右手上感觉分量沉重，使劲将两根筷子叉开，伸到菜上，夹住、握紧、往回缩，到中途时手指挪了一下，筷子松动，菜掉在桌子上了。许多天后我又恢复了左手拿筷子吃饭。

凑巧的是，我弟弟是左撇子，我妻子的弟弟是左撇子，我的大连襟也是左撇子。左撇子吃饭容易与坐在左边用右手握筷吃饭的人发生矛盾，一不小心两双筷子就碰撞，将菜碰落地上，弄出许多尴尬。所以逢年过节聚餐时我们四个苦恼的左撇子经常一块儿坐，避免影响旁人吃饭，也因此招来同桌人笑话。

没想到左撇子也有翻身的一天。现在出去吃饭，明显感觉对左撇子的关注不再躲躲闪闪，而是公开放在桌面上赞美了，左撇子成为席间的一番小小话题，还衍生出许多趣话。熟悉我的人顺着"聪明"这条线，介绍我仅有的一些优点，以佐证左撇子聪明，说得我很不好意思却心生暗喜。陌生的人听着频频点头，露出顿悟的样子，羡慕地看我。

这顿聚餐我没喝酒，却有了醉醺醺的感觉。

（刊于 2018 年 4 月 26 日《南湖晚报·杂的文》副刊）

美丽的花儿开在心间

这个春天，有一种风和煦舒爽，撩得我浑身来劲。

这个春天，有一种天气暖意融融，爽得我想脱掉外套，自由舒展。

这个春天，有一种感觉蠢蠢欲动，像蜜蜂去采蜜，像蝴蝶欲翩跹，像鸟儿待远飞……

有微友说："今年油菜种得不多但花开得热烈……"哦，油菜花开啦？住在城里不知田野变化了。小雨后的花瓣上会有许多水珠吧，风吹拂水珠掉落了吧，蜜蜂们很忙吧。微友发来一张照片，呵，她衣服上沾满了黄色的小花瓣，笑成了一朵美丽的油菜花。

有朋友喊我："南北湖桃花开了快来看呀。"我笑言："桃花正在我心里怒放呢。"嗯，我明白桃花为何似笑，为何没有哭的时候。有人说桃花也有哭，呵呵，那是你赶早了，桃花还未洗漱呢，昨夜的露珠还挂着。

乡邻打来电话，我家屋旁的大树长满新叶了……哦，这棵与我同龄的榉树，每年这个时节便萌发新芽、长满嫩叶。离开它多少年了，它依然执着地生长，尽情地茂盛，春风才捎来一个口信，它便急着舒展嫩叶,争做早春的一个亮点。

这个春天,我的手机里开满了鲜花。那些花朵在微信里招展,我都叫不上名,只看到动人的笑脸,一个个美若花仙。我想象微友们是如何扑进了春天,深入花丛,探闻花蕊,采撷花香?手机里如花朵一样的笑脸告诉我,他们是急着扑进了春天,笑着采撷花香的。

阳光明媚的一天,我带孙儿跳跳走进田野。春花春绿无限绵延,麦苗绿得要淌下油,花朵沾满泥土的芬芳,豆耳朵在风里摇曳,桑芽在阳光下越来越饱满,小草不停地摇头晃脑……孙儿跳跳像青蛙在麦田里跳跃,像小猫在蚕豆地里挤来挤去,像小狗在油菜花丛里跑进跑出,像小鸟攀着桑枝爬高…… 这个春天,我有童心般的快活。

春雨纷飞,我回乡下老家了。榉树挺直身杆、伸展枝条、抖动叶片欢迎我;老屋敞开门窗、拥抱春风迎接我;乡亲们乐呵呵、嘻哈哈招呼我。地里种满了绿,岸边长满了草,小河又见清澈,枝头盛开花朵,鸡鸭嘎嘎欢叫,猫狗满地嬉闹。堂妹送来草头团子,那个绿啊,似有叶片要舒展。婶娘给了一包粽子,那个香啊,裹满了春花的芬芳。

这个春天,我有太多的故事,关于春天里的故事,要讲。故事里的人很平常,事很微小,情节很简单,细节很琐碎,可气氛能醉人。

今夜,我要喝酒,我想醉在春天里。

这个春天,有朵美丽的花儿,开在我心间。

(刊于 2018 年 4 月 8 日《陇东报·周末特刊》副刊)

鹰窠顶问茶

南北湖畔鹰窠顶，传说有一只老鹰救过一位掉入河里的老爷爷，老鹰用嘴巴叼住老爷爷的衣服，将其救起，自己却因饥饿和劳累过度倒下了。当地人为纪念老鹰，把这座山命名为鹰窠顶。

冬日上午，我在熟识当地人文历史的陈女士的引领下，再次登上了鹰窠顶。居高临下，远眺南北湖薄雾轻纱，曼妙无比。没有看到盘旋的老鹰，也没发现老鹰筑的窠，那个美丽的传说早已深埋于山坡，变成了满山的树。陈女士手指山顶处，那儿有一大片高高低低的灌木，深绿的叶片在风里颤动，还有几棵高出许多的树，显出"一枝独秀"的优越。陈女士有些兴奋地说，它们都是自然生长的老茶树，树龄长的有五十多年，那几棵特别高大的已有近百年……

哦，茶！我仿佛闻到茶香，不禁眺望茶园，细观那棵棵老茶树。

那些老茶树，在鹰窠顶一棵挨挤着一棵，枝条自由地生长，一枝纠缠着一枝，有些凌乱。簇簇的叶片间开出了别致的茶树花，展示美丽的奶白色。冬日阳光将茶园晒出暖洋洋的如暖茶般的清香。

我喜欢喝茶。早上上班头一件事是泡茶，朋友来访不递香烟先泡茶，晚上上网或看电视必须有一杯茶相伴才心安。我喜欢泡上一杯茶，双手捧着，看茶叶在杯中舒展、下沉、落定，然后轻轻吹开剩余浮叶，喝一口，任茶水暖暖流淌，让茶香氤氲弥漫。我喜欢喝风景秀丽的南北湖一带出产的海盐本地茶，常喝一种名为"青顶茶"的绿茶，但我一直不明白"青顶"为何意。今日再登鹰窠顶，走进茶园，被陈女士一个"茶"字拨动心弦，我已走近心中的谜团"青顶茶"，我欲破解"青顶"之谜。

"青顶嘛……"陈女士手指满园茶树，"它们就是呀。"原来，南北湖一带山坡上种茶树已有悠久历史，古人将种植在山顶上的茶树形容为"青顶"，青为绿，顶即山顶，意思为生长在山顶上的茶树。哦，我明白了，用长在山顶茶树上采摘的茶叶制作的茶自然称作"青顶茶"了。

陈女士是茶的行家。跟着陈女士穿行在茶园，看她拍拍老茶树的枝干，抚摸翠绿的茶树叶，眸子里闪烁着眷恋。我知道，她在与老茶树对话，或许她心底里正重温着一个温暖的茶树与茶的故事。十多年前我曾采访陈女士，当电视镜头对着她的时候，她的沉着与不惧，她关于茶树、茶厂、茶叶和茶经济、茶文化的话题滔滔不绝，使我相信她能够成就一番茶的事业。她不仅坚持着她的茶事业，还将自己的宝贝儿子送进了中国茶叶研究所，有了茶的新传人。

我知道，十多年来，围绕一个"茶"字，她一定发生了许多故事。虽然这些故事此刻我无从知晓，但看到了她面对老茶树时眸子里有情意在闪耀。

陈女士从老茶树上回过神来。她说，别小看了这片老茶园，它们因无人修剪而长得凌乱，但它们都是从漫长的岁月里自然生长过来的，老茶树长出的嫩叶是制作优质红茶的最佳原料。

老树做好茶？原来制作红茶还有这些"秘门"考究。

从鹰窠顶下来，回眸山顶，那一片茶园沐浴在冬日阳光里，闪动温暖的光亮，茶花炫耀它娇艳的奶白色，茶香阵阵袭来。美丽的南北湖就在山脚下，南湖与北湖像一双眼睛在仰望鹰窠顶，仰望鹰窠顶上的大片"青顶"，它们是否也闻到了茶香？

（刊于2013年12月25日《嘉兴日报·绮园》副刊）

我本农家

两天半的磐安之行很快就返程了。当车子驶离向头村的时候，我盯住横亘村前的那条溪沟。溪水潺潺流淌，有一条小鱼跃出水面，发出闪亮的银光，顷刻又入水里，游得无影无踪了……

鱼入水，快活着。我的磐安之行，也像鱼入了水里。

玉山镇向头村，一个不大的行政村，百户人家，已有六十户迁居到这片新建小区，有二十户开了农家乐餐饮住宿。村主任穿着一件普通的短袖 T 恤，像我堂哥那样纯朴，微笑着领我们走进一户农家。

这是一幢两户合造的联排楼房，我们入住的这户女主人姓徐名惠仙，一个很地道的村姑名。三套三层楼房建于 2005 年。底层大厅摆放两张餐桌，墙一侧建了壁橱，橱里摆放着农家特产和土制的杨梅酒。灶间一只土灶上安了两口大铁锅，女主人惠仙正在掌勺炒菜。灶口坐着惠仙的婆婆，一位七十二岁的老太太，驼着背，往灶膛里添柴。看见我们到来，老太太咧开缺牙的嘴笑了，将一根木棍捅进灶膛，火苗立刻将灶膛烧得通红。惠仙翻动手中勺子，招呼我们说："稍等一会就吃饭了啊。"说话间眯眯笑着，额头、脸上起了浅浅的皱纹。

徐惠仙，像我乡下的小婶娘；烧火的老太太，很像小婶娘家婆婆。

八菜一汤摆上了餐桌，我们十九个人围坐两桌，吃中饭了。都是正宗的农家菜，菜的原材料是农家的，烹饪的方法也是农家式的。菜不名贵，却符合我们胃口。我们这帮貌似城里的人被眼前的本土本色菜吸引住了，很快狼吞虎咽。是啊，我们虽为乡下人，却长期生活在城里，与乡村渐行渐远，本色的乡土菜已经不能经常吃到了。

惠仙从灶间出来，擦着湿漉漉的手，微笑着看我们吃。她一定在为自己的烹饪手艺自豪，为我们如入自家般无拘无束而感觉有趣。老太太从灶间出来，拍掉身上的柴屑，拎起竹篮去了地里。看她驼背走路的样子，我想起了我的婆婆，在烈日当空的中午，婆婆也经常拎着竹篮驼着背走进地里……

连续两天，我们吃住在此。吃饱喝足睡醒了，就去游玩，漂流惊险刺激，欣赏山野风景，沉迷其中，触景生情。清清之水从山顶倾泻，变成了瀑布，砸向石壁，碎裂成颗颗水珠，串成了蔚为壮观的珠帘子。那些水珠子，多么像婆婆送我的茄子上挂着的水珠子啊。溪沟里碧水漂流，多像当年我乡下老家屋后那条小河啊，那水是可以捧一掌喝的。是的，我就是喝着家乡小河的水长大的。山道弯弯，一位老太太挑着两捆树枝往山下走，她每天去山上捡树枝，挑回家烧饭烧菜。我给老太太拍个照，老太太朝我微微地笑，忽然感觉镜头里的树枝正在燃烧，烧红了灶膛，似乎看见女主人惠仙正翻动勺子炒菜……

肚子饿了，我想吃女主人家的农家菜了。

惠仙站在门口笑眯眯地等我们归来，一桌农家菜已经摆在桌上了，散发清新的香味。油焖茄子！我夹了一筷子送进嘴里，嗯，鲜、嫩、酥、滑，好味道。惠仙说："茄子是刚去地里摘回的，上面还挂满水珠呢。"

水珠？

我眼前出现了刚刚游玩的地方那道壮观的瀑布，瀑布溅起无数水珠，还有我家乡的小河，小河里游泳的我们玩得水珠四溅……

周六晚上，我们聚餐喝酒。自己动手包饺子，还代替女主人做菜。就在惠仙家的土灶上，同伴们忙得不亦乐乎，他们各展身手，将一盆盆土菜炒出了乡土的味道。我挑选一根粗壮的木棍塞进灶膛，火苗很快蔓延，成为呼呼直蹿的烈火，将铁锅烧得发烫，让那些菜在锅里爆得十分响亮。

游子在外，却分明回了家。

饭后漫步，看小园里种满了茄子、刀豆、长豇豆、向日葵，它们有序地套种在一块不大的地里，在女主人家屋前随风招展着优美的身姿。我看见了蔓上挂着的茄子，细细长长的，紫色的，沾着水珠；还有向日葵，一个个似笑脸……

我本农家。

磐安之行，我没离家。

（刊于2017年7月4日《嘉兴日报·绮园》副刊）

怀念赛里木湖的水

赛里木湖，我心中的圣洁之湖。

我们是在上午 10 点左右到达新疆赛里木湖畔的。汽车开进了广袤的草原，车轮下没有路的痕迹，大草原就是铺开的天路。车窗外羊群列队走过，马群奔跑撒欢。赛里木湖就在远远的羊群那头，在蓝天白云与草原相接的地方。从远处看，赛里木湖是一条从天而降的蓝色围巾，又像是草原上随风飘起的一块蓝色手帕。

走近赛里木湖，我被它的蓝色与平静震撼。那平静，犹如一块缓缓舒展的蓝色纱巾，在清风里，掀动浅浅皱褶，荡漾轻轻波纹。那蓝色，流淌着生命的气息，纯净得找不出半点杂色，蓝得让我莫名心动。有几只白色的水鸟，踮起高高的双脚伫立在水里，仰望着蓝天白云，亲吻着蓝色湖水。

水鸟，你是我梦中的精灵吗？我惊叹：这是怎样的湖？这是怎样的水？

传说在很久以前，赛里木湖只有井口那么大，周围是杂草荒滩，牧民们把这股泉水看得比生命还重。谁知天有不测风云，有一年这里干旱异常，地里粮食眼看颗粒无收，人们每天不等天亮就起来祈神求雨。一天早上,牧羊女赛里和弟弟赛木去挑水,姐弟俩正商量如何救大家时,突然从井水里现出两只白天鹅。天鹅用十分悲凉的声音对他们说:"你们快回去吧,你们的诚意感动了主,在两天之内会有取不尽、用不完的泉水了。但为了表示你们对主的诚意,明早要给主送去一对金童玉女。"说完两只天鹅就不见了。

姐弟俩回到家中,将事情告诉父亲赛巴克,父亲听了不知所措。晚上,姐弟俩经过一番激烈的思想斗争后,暗暗下定决心,为了救牧民们,情愿牺牲自己。天亮后,他们来到井旁,对着井底说:"主,我们愿为乡亲们过上好日子而献出我们的一切。"话音刚落,这一眼泉水变成了一片蔚蓝色的湖水。父亲找不到他的孩子,在湖边哭瞎了双眼。这时在湖中央升起了两个小岛,大伙都说是赛里和赛木姐弟俩变的。从那以后,牧民为了纪念他们,就把这个湖叫作"赛里木湖"了。

哦,我知道了,赛里木湖的水是赛里和赛木姐弟俩用生命换来的,就是我梦中清澈、纯洁的生命之水!

我们漫步在河畔。我将手插入湖水里,我想捞起天边那块蓝色围巾,我想捡起随风飘走的那块蓝色手帕。我感受到了湖水的冰凉,是那种天然的、纯真的冰凉。我知道,让我心动的蓝色,是冰凉释放的;而冰凉,就藏在蓝色里。

就要离开赛里木湖了。就这样依依不舍地站着,让蓝天白云盖着我们,让大草原映衬着我们,让清风融化着我们,让蓝色浸润着我们。就此一别,我还能再见到梦中清澈、纯净的生命之水吗?

　　我曾经细细地思考过，当我见到赛里木湖流淌着具有生命气息的蓝色之水时，我的心何以受到了如此大的震撼，以至于五年后的今天，仍然耿耿于怀？赛里木湖的水，让我想起了儿时家乡河里的水，我看到了水的蓝色，那是妈妈从头顶摘下浸泡在水里的蓝布头巾；我闻到了水的清香，那是爸爸从河边野果树上采回果子，妈妈用心熬制的水果汤。

　　不承想，如今水成了奢侈品，清澈、纯净之水更成了稀有品。

　　赛里木湖，你还好吗？赛里木湖的水，你还蓝如当初、凉如当初吗？

（刊于 2008 年 11 月 26 日《中华新闻报》）

寻找智慧的 DNA

"你姓诸葛吗?"村口停车场一位保安朝我笑了笑,说:"我是给诸葛家打工的。不过,这村子里有百分之八十的人都姓诸葛。"

村口人头攒动,他们和我一样来寻找诸葛亮智慧的 DNA,他们急着往村里走,我分不清哪些人是外来的,哪些人是当地的,因为他们都穿得一样鲜亮,春风写满脸上。

《三国演义》把诸葛亮的料敌如神刻画得栩栩如生,令人拍案叫绝。这次随嘉兴在线采风团赴诸葛亮后裔最大的聚居地兰溪市诸葛八卦村一游,我便设想着能否采集到诸葛智慧 DNA 的光亮。

"你姓诸葛吗?"我继续探问。路边有位黑衣女子朝我点了下头,她边做着特色食品,边招揽游人。"你是诸葛家后代?"我有点兴奋。"是啊,我是诸葛家第 50 代后人。"黑衣女子用手指将一个什么饼边转边捏,捏成了薄薄的圆形,她的摊上摆了许多捏好的饼,等着游客购买。"靠着老祖宗的名气,来我们这儿的人越来越多,生意越来越好了。"黑衣女子语气里透着诸葛亮带给她的自信。

　　导游说，诸葛村以钟池为核心，八条小巷向外辐射，形成内八卦；村外八座小山环抱整个村落，构成外八卦。我走进一条小巷，窄窄的，两边交替开着门，一扇门便是一户诸葛姓人家。一位站在门口用棒针编织毛线鞋子的女人发现我关注她，招呼我买双小鞋子回去。有位坐在屋内卖字画的男人看了我一眼，知道我不是他的顾客，便不再理我。

　　诸葛村里一幢挨着一幢的明清时代古建筑，是诸葛家的祖先一代代传下来的，传到这一代人时赶上了好运道，诸葛村热闹了起来，成了旅游胜地。人们蜂拥而至一睹诸葛亮后裔集居地的与众不同，感应诸葛大师智慧的灵性。我夹杂在人群里，试图以自己独有的眼光寻觅千古名人诸葛亮的 DNA 在此生根、开花、结果的轨迹，我对所有可能是诸葛亮后裔的人心怀好奇，一次次试探着与他们交流。

　　"你也姓诸葛？"我问一位倚着门框织毛衣的女人，女人如实回答："我不是。""你是嫁给诸葛家的？""嗯。""你老公是诸葛家人？""嗯。""他干吗去了？"女人瞪我一眼，立刻有了警惕。"他在家吗？""去厂里上班了，你想干什么？"我赶紧微笑，用笑容告诉她我不是坏人。"你家孩子呢？""也上班去了。""去哪里上班了？""金华。"噢，他们家孩子没守在古村落里。"儿子做什么工作？"女人织着棒针，目光移向了别处。我只问废话不买毛衣，她厌烦了。

　　导游介绍，诸葛村奇特的结构是诸葛亮第 27 代后裔按九宫八卦设计布局的，村中现居住有诸葛亮后裔近 4000 人，为全国诸葛亮后裔最大的聚居地。

　　我走进一座已有五百多年历史的古民宅中，一位身穿红衣的老先生正在扇面上誊写诸葛亮的《诫子书》，他起身迎接，推销所卖商品。桌前一块字牌上写着老人的身份，他是诸葛亮第48代后裔，是这座房子的主人。老先生的推介词已经不知道说了多少年多少遍了，语调、节奏、神情、动作都落了套，做作的腔调特别明显。我耐心听他说完，待一拨游客走开，便与老先生聊了起来。老先生不愿与我说太多，他专心于扇面上没誊写完的《诫子书》，期待下一拨游客的光顾。我从只言片语中了解到，由他而始的大家庭已繁衍到18个人，青壮年都去了杭州等地工作，小年轻去了远方上学，剩下他与弟弟两位老人留守在这座古民宅里，以卖字画为生。

　　匆匆行走在诸葛村八卦式的弄堂里，给我留下较深印象的是随处可闻的古老与神秘的气息和难以穿越的陌生距离，我感受到地理、人缘的生疏和人情世故难融所带来的交流困难。我理解诸葛姓人对我这个特殊游客的爱理不理甚至戒备，他们有自己的事要做，岂能对一个不速之客坦露心迹？我也理解自己为何经常欲言又止，我如此走马观花式的浏览和蜻蜓点水式的访问，怎可觅得诸葛大师智慧DNA的深邃轨迹？

　　你姓诸葛吗？我多次这样发问。我想在人群中寻找聪明非凡的诸葛亮的后代，领略他们的风采，感受他们的不一般，从他们身上触摸到先祖诸葛亮的灵性。但我看到的只是一群普通人，他们就像我老家乡下的邻居；我听到的也是没有闪光点甚至躲躲闪闪、吞吞吐吐的言辞，没有我想象中他们的祖先诸葛亮边摇鹅毛扇边使妙招时的智慧闪闪。

　　回程路上，网友们还在谈论诸葛村，我打开手机百度搜索相关资料。有报道称，诸葛后裔们继承了诸葛亮发明创造的才能，诞生了一代代的能工巧匠。诸葛亮的后裔以先祖《诫子书》为祖训，识草用药，学医用药者甚众，医药世家曾遍及大江南北……

　　聪明的诸葛人早已走出迷宫式的古村落，在这片神奇的土地上建设了一个个小康家庭、美丽乡村，它们就像我的家乡，也与大江南北无数个美丽村庄无异。

　　诸葛亮智慧的 DNA 早已穿越诸葛村，飞遍山山水水、大江南北，化作推动中华民族伟大复兴的智慧力量。

（刊于 2018 年 1 月 9 日《嘉兴日报·绮园》副刊）

心情，如絮飞扬

婚姻是扇门

周日中午参加了同事的婚礼,那场面很宏大。十六辆婚车披红戴花浩浩荡荡地驶来,连交警都险些避让不及;震天响的礼炮差点将大厦的玻璃门震碎。在神圣的婚礼进行曲伴奏下,新郎新娘一路微笑走来,向父母、来宾行礼。婚礼主持充满诗意,还富有煽情的朗诵词。当时我就想,现在的人真是风光啊。

下午去逛公园,一辆小别克在我身边戛然而止,我的一个亲戚探出头说:"叔,我离婚了,刚刚办完手续。"

离婚了,怎么可能呢? 一个星期前,他们夫妻俩还在我家吃饭,有说有笑的。不会跟我开玩笑吧? 亲戚拿出绿皮本本扬了扬:"孩子、房子归她,车子归我。"一副轻松、无所谓的样子。

我半天无话。两年前刚喝完他们的喜酒,那天的排场也相当大,怎么就为几句争吵说离就离了?

不过,回头想想也正常。哪一天不是这样:有的人在结婚,有的人在离婚。婚姻就像一扇门,有的人进去,有的人出来。那扇门敞开着,进出是自由的,全看你怎样选择了。

当代人的婚姻究竟怎么啦? 是文明之路的必然趋向还是情感与责任的衰落? 我不清楚。我只能将目光落在身边,注视现实生活中的婚姻这扇门。

有多少人爱到死去活来，爱到禁不住牵手跨进门，步入婚姻的殿堂。为了这一刻，不知消耗了多少时间、金钱和情意绵绵。街头驶过的一长溜婚车车队，宾馆饭店里热气腾腾的山珍海味，酒杯里荡漾着的笑容，都是为了这一刻。我的一个邻居，女儿在一家企业当出纳，与同企业的一个车间主任相识、相爱到准备结婚。女方心想身边的人的婚礼那么大排场，自己也不能太寒酸了，就提出了结婚当天婚车不能少于八辆，不是奔驰打头也要奥迪 A6，酒席摆在上档次的饭店，不能少于十五桌……男方越听越心虚，他知道自己无能为力，可是为了这一刻，也只能咬咬牙了。婚礼那天，面子挣到了，可是里子已经撕破了。不知道他们现在生活得好吗？

在豪华婚礼的背后，掩藏了多少无奈多少矛盾；在华丽的婚姻外表下面，掩盖着多少虚荣多少痛苦。是真爱何必在乎形式，是生活何必为他人而活？我想说的是，当你走近了婚姻这扇门，别急，请留步深思：你准备好了吗？

婚姻不是儿戏，你想好了再做。婚姻是一扇门，那门敞开着，想进去的人，你三思后再进；想出来的人，你要慎之又慎……

（刊于《涉世之初》2008 年第 10 期）

女人为何打不赢男人

我不喜欢打人，我反对打人，尤其反对男人打女人。可是，打人的事偏偏让我给接连撞上了。

一次是晚饭后散步，途经棉纺厂附近，听到有吵骂的声音，主要是女人的声音，频率很高，有骂，还带着哭声。

昏黄的灯光下，一对男女扭在一起，女的在男的身上拉拉扯扯，手舞足蹈，嘴里不停地哇啦哇啦，我看到她的精气神已到尽头，力气也快没了。而那男的竟然站立在那里，岿然不动，话不多，吐出来的几句也似乎不愠不火。

我无意欣赏别人打架。可是，我的眼睛就像两只探照灯，一路横扫，眼睛上面又没装过滤器，所以扫着了就看见了。我不知道这对男女是何关系，为何吵架，我并不关心于此。我对那个女的有点怜悯，因为她此时已近筋疲力尽，可那男的还没开始真正的"战斗"。接下来的"战斗"那女的怎么打呀？我正这样想着，就传来了男的大喝声："滚开！"

只见男的双手一甩，女的倒在一边。男的扬长而去，很快消失在黑暗里，女的蹲在地上呜咽，哭声很无力很悲切，透着刺骨的寒。

　　另一次是早上步行上班,至离单位不远的十字路口,看见对面围了不少人在看吵架。走近了才看清,又是一对男女。这是一对外地男女,听不懂他们讲话,只看见他们互相吵着,女的情绪很激烈,扯着男的衣服不松手,嘴里吐出一串串词,估计唾沫都飞到男的脸上了。女的还用一只手不停地捶打男的身体。男的尽力避让着,偶尔也还一下手,感觉用力不重。女的开始捶胸顿足,弯下腰,泪如雨下,哭声很响,又慢慢轻下来。

　　我以为他们的争吵就此告一段落了,不料那男的说了一句什么话又激怒了女的,女的腾地一下蹿起来,往男的身上猛扑猛扯猛打,哭声也更大了。突然,那男的像被激怒的雄狮,一拳打过来,女的滚进了旁边的小树丛里,从小树丛里传来凄凉的哭声……

　　这一拳,打得我怦怦心跳。两次不同时间不同地点不同人物的打人事件,竟然有着许多相同之处。为什么都是女人声嘶力竭而男人泰然自若?为什么最后的结果都是女人伤心欲绝而男人盛气凌人?

　　纵观古今中外,打人历来不是女人的强项,分析原因,其中生理的因素是不可回避的。男人身强力壮,女人的纤纤玉手自然难以撼动这辆沉重的牛车。但值得注意的是,常常在男人还没有出手时,女人已经站不住脚了。女人与男人打架,男人基本上不用动手,女人就差不多输掉了。

　　女人首先输在了精神上。

　　当因为某一个纠纷不能用和平的方式解决而引发一场男女之战的时候,女人们往往表现得情绪失控。在争吵的过程中,女人过于细腻的感情、过于敏感的思维、过天脆弱的神经先将自己的精神折磨垮了。男人们最烦纠缠，一旦火气上来时，女人已经弱不禁风。所以，这样的战斗，男人的力量其实是多余的，男人们可以不费吹灰之力战胜女人，男人其实是赢在精神上。人们从来都以为女人打不赢男人是吃亏在力气上，这是一个误区。我觉得女人最大的亏是吃在精神上，吃在心气上。这是我昨晚与今早两次巧遇男女打架后的发现。

原以为在如此文明的时代里已经没有打架了，原以为在联络沟通的渠道如此多样化、如此畅通的今天，有什么问题都可以通过沟通化干戈为玉帛，可是，局部地区的"战争"还是难免的。谁都不希望战争，谁都需要和平的生活工作环境。可是，一旦男女之战再度打响，男人们怎么办？女人们怎么办？

男人们，能否再宽容一些，大度一些，谦让一些，怜香惜玉一些？能否永远收起你自以为是的拳头？

女人们，能否再平和一些，自尊一些，收敛一些，坚强一些？能否扬长避短，以情化解，用心征服？

希望不再看见打架。

愿所有的男人和女人是好夫妻、好朋友、好邻居、好同事……

（刊于 2008 年 11 月 2 日《合肥晚报》）

春天在哪里

双休日找朋友玩,先以短信询问:"在干吗?"

"找春天去了。"林回复。

傍晚,林打来电话,述说了一天里如何踏青山蹚溪流走树林探花丛的经历。

我问:"春天找着了吗?"

林答:"咳,也不过如此呀,年年一样,没有新鲜的感觉,兴奋不起来。"

五天后,林发来短信:"我已顺利通过大课验收,并获专家、领导高度评价,祝贺我吧!"字里行间流淌着自豪,跳跃着喜悦。

我知道,林这段时间一直在准备高级别优秀教师的考核,等待专家组验收,现场听课是验收最后一关,成败在此一举。林的水平和能力虽"非一日之寒",但上好这一课则是关键的一环。林为此好几天心绪不宁,在紧张压抑中度日。如今大获全胜,喜悦之情自然溢于言表。

"林,祝贺你!"我一个电话打过去,语气诚恳。

"谢谢!!"电话那头传来的两个字加了两个以上的感叹号。

我问："现在在干什么呢?"

"我站在窗前看风景。"

"看到什么啦?"

"啊——"语调上扬、延长,好像在朗诵诗句,"凭窗远眺满目春哪!"

"又看到什么啦?"

"我看见了远处的青山,满山的松柏在春风里摇摆。你看,那山沟沟里流淌的小溪是多么可爱,它流啊流,流进了山脚下的小河。我看见了河里的鱼还有小蝌蚪,它们在咬漂在水面上的花瓣,水纹在花瓣四周漾开来,就像一张笑脸。我走进了一片树林,春风摇动着枝头的铃铛,叶子正唱着春天的歌谣。哇,这里有一大片盛开的桃花,我淹没在花的海洋里,有一只蜜蜂从桃花上飞过来,飞过来,在我眼前盘旋……"

"喂,你醒醒吧!"我大声呼唤,把林从飞扬的思绪里拉回来,"你没事吧? 你太激动了,平静一点吧。"

"我刚才是怎么啦? 情不自禁地。不过,我真的感受到了春天的美好,真的,这样的感觉从来没有过,春天原来是这样美好!"

谁不知道春天美好呀!

可谁又能真正品出春天的美好呢?

同样是找春天,林五天前特意找春天,没把春天找回来;今天无意找春天,春天竟自己撞进来了!

春天,你在哪里呢?

有一首儿歌这样唱:

春天在哪里呀？春天在哪里？春天在那青翠的山林里。这里有红花呀，这里有绿草，还有那会唱歌的小黄鹂。嘀哩哩嘀哩……

从小就知道，春天藏在美丽的自然风景里。我们寻找春天，走进美丽的山川树林；我们感受春天，融入迷人的花丛溪流。于是，在春天这个季节里就生出了一个词：踏青。

踏青，又叫春游、探春等。我国踏青的习俗由来已久，传说远在先秦时已形成，也有说始于魏晋。据《晋书》记载，每年春天，人们都要结伴到郊外游春赏景，至唐宋尤盛。唐代诗人杜甫就曾记载皇家游春踏青的盛景："三月三日天地新，长安水边多丽人。"千百年来，踏青渐成了一种仪式，仿佛只有行了这种仪式，才真正拥有了春天。"逢春不游乐，但恐是痴人。"白居易的《春游》诗正是这种心境的写照。

可是，同样是春天赋予大自然的美丽风景，我们每次去踏青感受到的为什么不一样呢？大自然张开同样美丽的怀抱，我们每个人感受到的诗情画意为什么又是不同的呢？从古人到今人，我们也许常常忽略了一个词：境由心生。我们往往过于看重了春天的气候、春天的景色，而疏忽了自己的心境心情。宜人的景物需要用心感受。最美的环境，最靓的风景，不是在眼睛中，而是在自己的心里。带着消极伤感的心态观赏春天，感受到的也许是"无可奈何花落去"的意境；积极乐观的人，则看山山有情，看水水有意，看花花芬芳，看草草葱郁……

　　林对春的两次不同感受告诉了我：春天在她心里！

　　让我们都拥有一颗如春日阳光般明媚的心，去追春、感春、悟春、享春吧！

　　　　　　　　　　　　（刊于 2009 年 3 月 25 日《濮阳日报》）

饭　碗

一日三餐，我们端起了饭碗。

不同的人，端着不同的饭碗；不同的饭碗里，盛着不同的内容。

我们做着各自的工作，打拼在各自的职场。职场就像一只饭碗，工作就是为了端起这只饭碗。不同的工作和不同的业绩，决定着饭碗里的内容。

"工作着是美丽的。"

我最初是从饭碗里理解作家陈学昭的这句名言的。

一位走出校园的小青年，到处找饭碗。有一天他跨进了一个单位，向一位穿白色短袖衫的先生递上了履历。耐心等待，小青年最终等到了一个白眼。

一对下岗夫妻，先生在外摆地摊，妻子残疾，守在家里接了点手工活。将一颗颗珠子穿起来，需要一双灵巧的手，她的一只手残疾了，弯曲不过来，就用嘴巴帮忙，每天将头埋在桌面上，穿着一颗颗珠子，就像数着她的日子。

我一位朋友做生意发了财，就办了个企业。办企业又发了财，就投资，又办了一个企业。如今，他有了三个企业。别人问他为何不停折腾，他说，职场有竞争，事业无止境啊……

我每天踩着单位高高的台阶上班，然后顺着高高的台阶下班，日复一日，年复一年。

有一个深夜，我走过街头，看见一位老者正在垃圾桶里捡着他视若珍宝的破烂。

蓝天白云下，霓虹闪烁里，无数的人端着饭碗，还有无数的人在寻找饭碗。

我端详自己的饭碗。

农民、教师、工作组、广播员、记者、编辑等等，是我曾经吃的和正在端的饭碗。

饭碗里有菜、有肉、有米饭，也有面条，我每天上班下班，每天认真做事，为了使碗里的内容得以更好地改善。

上帝给每个人分配饭碗。

上帝说，饭碗有等级差别，金饭碗、银饭碗、铁饭碗、木饭碗、泥饭碗……

上帝还说，饭碗在不断调整，凭你的实力和机遇，看你能争取到哪个饭碗。

关于饭碗，社会上的议论很多。

在众多的饭碗里，混杂了不公平、不平等的饭碗，这些黑色、灰色的饭碗，让其他颜色的饭碗愤愤不平和忐忑不安。

可是,我们还得面对饭碗。只有努力让白色的、红色的、蓝色的饭碗强大起来,才能够逐步消除黑色、灰色的饭碗。

关于我的饭碗的故事说到这,就告一段落了。

面对饭碗,请你原谅我思绪的混乱。

我不知道该如何讲清楚这只饭碗,话扯得有点远。总而言之我是想说:

我们都应该端好手里的饭碗。

(刊于 2008 年 11 月 3 日《江南晚报》)

喝　酒

有朋友酩酊大醉后问我：酒是什么东西？我答：水加一点酒精，或者再加一点色素、香精，再或者加一点气泡……朋友吼：错！我愕然。

酒是个什么东西？

中国人的酒文化源远流长，不管是喜的、悲的、忧的、愁的，有酒就能助兴或者解忧，常说"一杯解千愁"，可见酒之魅力与魔力。会喝酒的人与酒结缘，甚至嗜酒成性，一醉方休，今朝有酒今朝醉；不会喝酒的人也设法与酒套近乎，让自己使劲往酒瓶子那边靠，以酒作乐，借酒发挥。人生离不开酒，酒杯里的人生是一道难解的谜。

会喝酒的人羡慕不会喝酒的人。喝酒喝出名了，不喝也不行，别人不同意呀，抵不住三劝四劝，酒杯又被倒满了。A 舌头硬邦邦地说："就就这一……一杯啊……干了。"又倒满了，倒酒的人说："他这船吨位大着呢，海量。"B 不会喝酒，坐在 A 旁边若有所思。第二天，A 醒来难过至极，后悔莫及，看见 B 走路像弹钢琴，羡慕得要死。

可是，B 在想，我要是有 A 一半的酒量该多好啊。B 天生与酒无缘，一喝就脸红头疼，所以不敢多喝。那天单位聚餐，领导让 B 将杯中酒干了，B 扭扭捏捏，酒杯举起又放下，领导不悦："酒风代表工作作风……"然后不理 B 了。B 好一阵失落，看见同事们与领导碰得杯子叮当作响，感觉到了距离。

酒场如战场，敢拼才会赢。谁在酒场上胆子大、喉咙响，谁就占领酒场主动权；谁在酒场缩头缩脑，藏着掖着，闷声不响，谁就处于被动劣势地位。酒场其实是一个大江湖，谁会捣，谁就活络。可要是活络过了头，比方说经常将酒悄悄倒在地毯上，经常趁别人走开时将他的酒杯倒满了，用矿泉水冒充白酒与酒友火拼……一旦被人识破了看穿了，那他在酒场的口碑就成负数了。

喝酒有一口闷的，也有细水慢流的。一口闷的，男子汉，爽快，义气，够朋友。酒话说"感情深，一口闷"嘛。C 身材高大粗壮，一身爽快的行头，喝酒更是豪爽：我先干了！话音未落，满满一杯白的没了踪影。酒友齐喊：好！可是雷声大雨点小，C 就督促酒友喝酒。D 酒量不好，酒杯抓在手里扭捏不喝，C 一根手指差点点到 D 的额角上："喝不喝？喝不喝？再不喝……娘娘腔。"C 是酒场的豪爽派，代表了酒文化的新一族，归于酒场时尚之流；D 是老派的代表，都与时俱进了，D 的酒风和酒量却依然如故，赶不上趟，轧不上酒桌，落伍了。

有些人喝酒，"酒"翁之意不在酒。酒是个幌子，是个借口，是个由头，酒是将这人与那人黏到一起的黏合剂。这样的喝酒，必定有想法要表达，有计划要实施，有行动要落实，有目的要达到。喝这种酒功利性太重，计谋度高于酒精度，喝好了，喝成功了，皆大欢喜，没喝出效益，"出血"的人会在心里暗暗骂娘。

有些人喝酒，禁不住酒后吐真言。这样的人一旦喝醉，嬉笑怒骂皆文章，不管是家里的单位的夫妻间的还是情人间的事，可以说的和不可以说的，统统畅所欲言。真是很热闹，满足了窥私者的欲望，也让正人君子们听着难堪。好在醉后狂言大多数人不当真，第二天都淡忘了，偶尔提起，也是当笑话说说。

喝酒有许多种类型。青菜萝卜各有所爱，人的性格、情趣、志向、追求不同，喜欢的类型也有异。

职场喝酒，讲究论资排辈，以级压人。下属敬领导，先干为敬，领导敬下属，酒浅口气粗：你倒满了干了。小声一阵咕嘟，干了。

商场喝酒，多在利用，谁对我用处大，谁是我潜在的市场，我就对谁殷勤献酒。商人们喝酒特别分大日小日，看对象，按需要，若为利益而喝，可以喝它个烂醉，尽显侠骨忠肠，让潜在的或已经合作的一方感激涕零；若酒桌无利益，老板们则抠得很，尽显企业经营之精明。

酒肉朋友间喝酒，重在热闹与强悍，不讲究场合、品牌和菜肴特色，有酒便喝，有菜就吃，直喝得胡搅蛮缠、昏天黑地、尽兴而归。

真心朋友间喝酒，一般会选择在实惠、干净的中小饭店，场面不一定热闹，却充满真诚与温馨；菜肴不一定丰盛高档，却"味由心生"，口味相投；话可多可少，却句句实诚。有道是"青菜薄粥，只要热络"。

我最不喜欢喝职场之酒。明知道那些眯眯笑着，热情得有些夸张的酒杯们不是冲着我来的，可是也得装君子风度，以皮笑肉不笑的姿态应对,此情此景下讲礼貌,很累。记不得有过多少次了,采访结束用餐时与领导坐在一桌,经常会从旁边许多包厢里突然涌出许多人,像走马灯一样轮番给领导敬酒。他们是一个师傅教的,都说领导随意我干了,然后真的一口干了,领导嗯嗯嗯着,很得意,他们立马明白马屁拍对了。最后一杯是敬整桌的,敬酒的人说:来来来,敬敬各位。我知道,各位里面也包括我了。刚刚坐下还没感觉到坐着是啥滋味时,我又得站起来。敬酒的人喝了一口,然后说你们随意啊,就转头走了,也不看看我们是如何喝的。我知道,敬酒的人并不关心最后这杯有几个人真喝了,喝了多少,他是在行使整套官场敬酒程序中的一个小小的礼节,需要走一下过场,精于世故的人不会忽略了这个小程序,虽然明摆着虚情假意,可是比没有强。我清楚自己的位置,我们是陪衬者,无须激动也不用一口闷,装装样子就赶紧坐下吧,我亲爱的凳子。

真正喝酒的,是与几个真心的朋友一起喝。今夜我喝的,便是。因为没有功利、没有计谋、没有暗度陈仓,所以喝这样的酒时,嗅觉系统会很灵敏,味觉系统也"注意力集中","吱——"一小口落肚,嗯,好酒。几双筷子不分先后分头出击,欢声笑语漾满包厢,无限亲切……

微醉。

走在大街上,看霓虹闪耀,听杯盏交响。国际大厦与海盐宾馆隔河相望,夜幕给它们披上了神秘的面纱,不知两位"龙头老大"此刻正怒目而视还是微笑相对?雄伟的大厦周围开满了小饭店,也是人头攒动,酒香四溢。又近年关了,每年一度的酒宴盛会已经隆重开场，各位领导、各位来宾、各位女士、各位朋友们早已各得其所，对号入座，只待酒杯高高举起……

酒啊，你究竟是个什么东西？

（刊于2009年2月1日《人民代表报》）

请吃饭

　　同事王先生一上班就在发牢骚，说是昨晚请人吃饭，饭店里订了一个十二人的包厢，结果只来了八人，其中还给两人打了一次电话、给一人打了两次电话催促后才过来的。王先生直喊奇了怪了，如今连请吃饭都成难事了。

　　王先生的感受我也有过。有一次为办一件事情，需要请有关方面的人吃饭。我列出的请客名单上共有六位，其中两位与所办事情直接有关，是主宾，我虽与他俩认识，但平日交情不深，需要加深一下关系；另三位是我的老朋友，在不同行业任职，场面上人，请他们作陪，我有面子，又可帮我说话；还有一位也是我的朋友，酒量好，弥补我酒量的缺憾。

　　我约客人约了三次。

　　第一次，两位主宾都没空，说是两天前就有约了，谢谢我客气，以后有机会再说。第二次我将电话打过去，主宾甲说晚上已经有饭局了，要么晚一步过来转转；主宾乙说刚刚定好晚上要去吃海鲜，不好意思了。我再将电话打给主宾甲，说改日子吧，让你一晚上跑来跑去不好，他说没关系的，我说再约时间吧，不好意思啊。我不能说因为主宾乙有事才改时间，只能这样搪塞。

第三次,我提前了两天,先将电话打给我的四位朋友,他们也有事,但一听说我有正事需要帮忙,都一口答应了。我有了信心,来了精神,立即打电话给两位主宾。我说大忙人啊,后天晚上总有空了吧?主宾甲说喔唷你还真赶早啊,好好好,就定后天吧。主宾乙说喔唷让我看看,传来沙啦的声音,大概在翻记事台历吧,然后说啊呀,那天下午我在外开会,晚上要聚餐的。我说你就看在我三请诸葛亮的分上,将就一回吧。他哈哈笑着说哪里话啊,好吧,我晚上去你那。

我真想一拳头打过去。

我很理解王先生的心情,花钱摆酒请不到客人,比没人请吃饭还要苦恼。请人吃饭不外乎这样几种情形:一是请亲戚朋友,那是温馨自然友爱的聚会,请吃饭自然也是随意随便;二是有求于人,属于利用型请吃饭,被请的人一定是手中握有权力,或者掌握着某些便利条件,他们被请的机会太多,来不及应酬,因此还要看人头吃请,没关系没背景不熟悉的一般不去赴约,所以能请到他们,请客者会长嘘一口气,感觉有了面子,接下来花点钱就不算什么了。

如今这社会,有时想办点事情没关系没人情不行,请吃饭是最简单便捷的搭关系跳板。在饭店包厢里好说上话,特别是吃得热络时,啥话都好说了。本来没啥来头的人口气也大了,将县长说成了哥们;开始相互间还有些拘谨,几杯酒落肚后就能勾肩搭背了,所以有求于人时,第一步大多选择请吃饭。

请吃饭的人太多,被请的人就忙不过来,这样反过来又让请吃饭的人经常为请不到客人苦恼。这些苦恼的人后来总结出一句话，目前在市面上流行，叫作"摆酒容易请客难"。

我第一次听到"摆酒容易请客难"时，首先想到了许多年前我还在乡下家里时，曾经多次遭遇过请吃饭难的尴尬。

堂哥的儿子经常来我家玩，到午饭时我问他在这里吃饭好吗？他不答。开饭了，我叫他过来吃饭，他坐在屋外井沿上，低着头，不回家，也不肯进来吃饭。再三请他，越请越僵，连他母亲也叫不动了，饭没吃成，还哭了一场。这样的尴尬有过许多次后我发现，他是想吃但不好意思吃，心里有障碍没跨越，就僵在那里请不动了。后来我改变方法请他吃饭，我问他今天吃饭用大碗还是小碗？他爽快地说小碗；或者问他中午吃饭与叔叔坐一起还是与哥哥坐一起？他马上回答与哥哥坐。我绕开他的心理障碍请他，他就很自然地留下来吃饭了。

没想到，这城里也是请吃饭难。

不过，这两种请吃饭难完全是风马牛不相干的事。堂哥的儿子是想吃不好意思吃才僵持着，而现在的被请者是实在来不及吃才有所选择和有所放弃的。

王先生发牢骚时我开玩笑说，你为啥不请我啊，我空着哪。

王先生没理我，还在说他请吃饭难。

我知道，王先生请的人，也是手中握有权力的人，他有事求到他们。

（刊于 2009 年 12 月 4 日《大众日报》）

圈　子

社会上流行很多圈子:酒肉朋友圈、麻将老 K 圈、桑拿敲背圈、泡吧圈、钓鱼圈、跳舞圈、唱歌圈……真是圈挨着圈。

所谓圈子，实际上是"物以类聚、人以群分"的体现，也就是一帮价值取向、兴趣爱好、性格脾气、职业行业等相同或接近者聚拢到一起，常来常往，自然形成一个有主题特征的圈子。有人把圈子里的人形容为"狐朋狗友""死党"，也是蛮贴切的。在每个时期出现并且活跃着的圈子，大多与时尚、潮流有关系，所以入圈就意味着有了时尚的选择，赶了潮流；入的圈子多，时尚级别就高；这圈那圈里都有你的身影，你在这圈那圈里忙得团团转，那就说明，你可能是五星级时尚了。反之，不入圈者，就有可能是不入伍者、落伍者、赶不上潮流者。

圈子无处不在，有形的无形的、张扬的内敛的、有名的无名的、广大的渺小的……就看你是否有兴趣加入。圈子是生活的一块天地、一种状态，无论是现实生活中，还是在虚拟网络中，都差不多。

我对圈子不敏感，所以入的圈子很少。我有我的爱好，有些还爱得有点深，可是这种爱好不属于当今时尚的范畴，在潮流以外,市面上基本没圈子可入了。我更多的是做着自己喜欢的但不入圈或者没圈可入的事情,有点独来独往的精神,在"圈人"眼里有点迂腐的酸样。

我曾经尝试多加入一些圈子,以增加自己的时尚度。但我在做没兴趣的事情时总是提不起精神,所以对那些很热闹的圈子采取观望态度,最多混在里面瞎起哄几下,然后趁机溜之大吉。我不知道这样做是否缺少团队意识、缺乏人情味? 对此我曾经矛盾和犹豫过,对自己的落伍感到了不安。曾经听人说过一句话,大意是不喜欢打牌搓麻将的人等到老时要吃苦(寂寞)的,想想有道理,于是我赶紧加入老 K 圈子里尽早培养兴趣,没想到兴趣迟迟不来,呵欠却接二连三地找上门,最后只能找个托词淡出圈子。

现在,我还是做着自己喜欢的事情。我看见各色圈子里很热闹,有些圈子里还时常有人伸出手来跟我打招呼,我给圈友们投去敬仰的目光,却依然行走在圈子外面。

(刊于 2009 年 3 月 15 日《广州日报》)

聊　天

喜欢与人聊天。

泡上一壶茶，与哥们几个慢悠悠地喝着，说天南地北的话，说听来的或看来的新闻，说男人女人的事，说单位里的趣闻。有时候聊得哈哈大笑，有时候也聊得大声争吵，谁也不服谁，但吵完喝几口茶，火气也就浇灭了，继续聊。

因为喜欢聊天，所以以前在乡下时，晚饭后我就吱溜一下去了邻居家，看着他们吃完饭，抹桌子，泡茶，然后一起聊天。一会儿又有几个闲逛的邻居进来，东家再泡茶，桌子周围坐的人越来越多，人多嘴杂，说的话题也就更加广泛了。

乡下人称聊天为"讲空头"（土话音）、"扯白嚼"、"吹牛皮"，还有一种叫法为"讲长脚空头"。我的理解，"空头"的意思大概是空闲、空着、没事做，"讲空头"是指在空闲时说话，说的也是无关紧要的话。农民们一年忙到头，连说闲话的心思都没有，所以很珍惜"讲空头"的机会，放开了无所顾忌地讲，常常讲得哈哈大笑，笑声在村子里传出老远。

在乡下聊天，聊得最多的，是发生在村里的事情，谁家被偷了抢了，谁家与谁家有矛盾了，谁得病了，谁今年要出嫁了，谁家老母猪一窝生了多少只小猪,等等,无所不聊。最感兴趣的,还是情感出轨的话题,这一点乡下人与城里人没啥区别。谁要是说某某与某某那个、那个……一桌子人就会异口同声地问:啥啦?说的人就压低了声调,有了神秘状:我也是听某某说的,你们别说出去啊。听的人个个瞪大了眼睛,竖起耳朵,一个桃色故事就这样在村里流传开来。

乡下人聊天,能聊出干活的力气。他们在劳累了一天后,找个时间一起说说话,放松一下,既沟通了信息,交流了思想,又长了精神,回家舒坦地睡一觉,天亮后又奔跑在田埂上了。

我的聊天爱好大概就是在那时候培养的,后来就戒不掉了,以至于做了城里人后,有空时还喜欢与人聊一聊,讲点"空头",扯扯"白嚼"。

可是,我聊天的机会越来越少了。我的乡下朋友远离了我(是我远离了他们),我的城里朋友们忙着喝酒、泡澡、扦脚、卡拉、扭舞去了,原先有几个喝茶聊天的,现在改去棋牌室了。我的天,没地方聊了,只能去散步,看夜景,看夜景里窜来窜去的黑影。

有人告诉我,现在聊天都在网上了,那个QQ里比村里聊得还热闹呢。我就去了QQ。

开始用QQ时很不习惯,见不到真人,找不到感觉,满脑子智慧没法变成闪光的语言。还有我的打字速度,老是让对方失望,他们没耐心陪我练打字,没聊上多久就闪得无影无踪了。

后来我的打字速度练快了,却没人跟我聊,QQ里的头像大多是灰色的,偶尔亮着一个,跟他打招呼,老半天才回我一句不咸不淡的"你好"，有的连这俩字也懒得打，直接发一双握着的手的表情过来。

QQ 挂着，却没人加我，我只能主动追求。点出去好多邀请，难得有几个同意与我做好友，大多石沉大海，有的干脆拒绝，没留一点情面。

我觉得，城里人没村里人热情，这 QQ 里的人更是一副冷面孔。

有一日，我看见电脑右下角有只小喇叭在跳，点击一下，出来一个加我为好友的申请框，是一位 36 岁的女士。终于有人主动加我了，我当然求之不得，欣喜地赶紧点"同意"。

男人应该主动，所以我抢先发话：你好，谢谢你加我。她也说你好，紧跟着发来一小杯"咖啡"的表情。我们的聊天就这样开始了。说了一番客套话后，她突然问我：你有过情感方面的苦恼吗？我一愣，不知如何答，她继续：我最近很苦恼……

她开始讲述。她与老公一直恩爱，两人在同一个单位上班。她一直信任老公，但是有一天有小姐妹提醒她注意老公，她不相信。后来有一天，她亲眼看见老公与一个女人勾搭在一起，她才如梦初醒，从此失去了信任。从失望到灰心再到后来想开了，她觉得既然老公可以去外面找女人，自己为何不可以去潇洒呢？

我感觉遇到了一个婚外恋的故事，或许是我以后的写作素材，所以耐心听着，还提问一些细节。不料她话头一转问我：你周日有空吗？我问怎么啦？她说想来南北湖散散心，让我陪她。

原来她将我当成她需要的"玩伴"了，可惜，我还没心思玩这个。说实话，主要是不舍得花这个钱（缺少男人的那点"慷慨"），当然是拜拜了。

后来我玩上了博客，结识了"新浪""浙江在线"和"嘉兴在线"中的博客高手，他们中的一部分人也成了我的 Q 友。我们在一起交流，说的大多是与博客和写博文有关的话题，还有关于各自的工作与生活，对人生与社会的看法，等等。我觉得，与他们聊，轻松随意，话题说不完，还时常妙语连珠。网络是藏龙卧虎之地，就看是否遇到对的人，遇到了，既是亲近的聊友，又是学习的良师。

我发现，QQ 里也可以聊得很有意思，可以像在村里聊天那样，热闹而轻松，随意而自然。关键是要选好对象，"臭味相投"、真诚正直，才会真的成为"好友"。

（刊于2010 年 5 月 19 日《恩施晚报》）

有梦真好

　　年纪大了，居然不做梦了。早上起床，偶尔感觉昨夜好像做梦了，却想不起梦见了什么，一头雾水，怪自己不年轻了——请原谅我，常常回避"老了"这俩字。

　　确实不年轻了，或者说老了。否则，怎么会不做梦了呢?

　　小时候，我是经常做梦的。白天玩疯了，晚上在梦里再玩一遍，还变换花样，将被子踢出老远，惹得母亲在我屁股上狠狠拧一把，梦醒了;馋了，想吃包子，可是没有，于是晚上睡梦里就有包子吃了，吃得牙齿嘎吱嘎吱响，第二天母亲说我嚼牙齿了，我自己明白，昨夜嚼的是包子皮，还有包子馅;农忙结束后，母亲说明天去外婆家做客，天一黑我就提前去了外婆家里……我的梦里有故事情节，有人物对话，这些情节和对话在我第二天早上起床时，会原原本本地呈现在脑子里，我坐在床沿上回放一遍，记住了特别精彩的细节，上学后在同学面前炫耀，引得同学使劲问我包子里的肉馅是啥味道，问得我流下了口水。

　　做梦多么好啊。可是，我不做梦了。

　　文友蓝泡沫告诉我，她写了一本书，写的是童年时代的故事。

心头突然微微一颤,仿佛看见那两张书页幻化成一扇门,徐徐开启,门里关着我的童年时光,它们趁机吱溜溜地逃出来,无拘无束,无遮无拦,无法无天……

于是我浏览了蓝泡沫的童年。游走在文字里,我看到了小时候的她,天真、乖巧;我还看到了小时候的我,顽皮、野性。我总是忍不住带着自己的童年经历去检索蓝泡沫的童年,在阅读她的童年故事时,经常不失时机地叠印我的故事,就像电视片里淡入淡出的叠放镜头。

蓝泡沫的童年与我的童年,时代相同,境况类似,但家境不同,因此情况有所差异。

蓝泡沫出生在教师之家,属于书香门第,从小受到的教育比我健全,生活习惯也比较文明。而我,纯粹的农家子弟,父母为多挣几个工分,经常忙得忘了吃饭,我只能到处奔跑,靠贪玩打发无聊,靠偷食别人家的瓜果充饥。于是,我的童年生活里,有太多的野性,有太多的如猴子一样的无所约束。蓝泡沫是女性,天生的淑女状;而我虽算不上野蛮,但也歪点子十足,坏事干了不少。

蓝泡沫在四五岁时,因患皮炎,需每天去乡村医生处打针。平时都由妈妈背着来回,周六那天妈妈有事,蓝泡沫一个人去打针,又一个人勇敢地走回来。我小时候经常咳嗽打针,剩下的药水放在村卫生室里。有一日父母没时间送我,嘱我自己去打针。我走到半路悄悄折回,回家骗父母打过针了,并且装疼痛状,结果咳嗽持续不止。

从小学五年级开始,蓝泡沫开始偷偷地看那些有头无尾或者有尾无头的小说,那些破破烂烂的小说全被戴上了"毒草"的帽子,比如《红岩》《青春之歌》《苦菜花》等。我初一时将一本医药工具书《赤脚医生手册》当低俗书看,看得面红心跳,躲躲藏藏,就像做了贼一样紧张。

学校操场上放电影,蓝泡沫凭借住在学校的优势,提前将凳子抢放在最佳位置。我当年站在电影场外,看着有资格在电影场里走来走去的人特别佩服,对那些在银幕下跑来跑去的老师子女非常羡慕,心想着:我爸我妈为什么不是老师啊!

蓝泡沫舅妈家那只咩咩叫的小羊,多么像我家那只小羊啊。那年我家也养了几只羊。蓝泡沫与二姐骗舅妈说,羊生小羊了。我因为贪玩,忘了割草,以伪装给羊吃草现场的方法,骗过了母亲的眼睛。

"爬竹子的本领大了,我能爬到接近竹梢的高度。后来胆子大了,还敢在竹梢上把竹子摇啊摇的,让自己尽情享受竹梢晃动时的飘逸感觉。"我小时候也经常爬竹竿,掏鸟窝,有一次还从鸟窝里抓到一条小蛇……

呵呵,说不完的童年,有趣的童年。

蓝泡沫的一本书,让我回到童年。像撬开一鬶酒,飘逸陈年的馨香。

我的童年、蓝泡沫的童年、我们大家的童年,已很遥远,却又分明近在咫尺。

像做梦,似梦境。

我已经好长时间不做梦了。是蓝泡沫的这本书,撬开了我的梦之门,让我走进梦境——童年美好的梦境。

做梦可以活跃思维,常在童年的梦境里游走,可以愉悦心情、健康身心。

谢谢文友蓝泡沫,给我送来一首"童年的歌",让我珍藏一段美梦。

（刊于 2015 年 1 月 7 日《嘉兴日报·绮园》副刊）

端午畅想

有一个传说，是那样的久远，久远到了我们只知道传说中的人物与事件，而无法准确获悉它产生于何年。

有哪个故事，能够这样百讲不倦、百听不厌，流传千年之久，人们依然念念不忘？

端午，你经历了两千多年的翻山越岭，你走过了风霜雨雪的遥遥路程，依然挺立，笑傲今人，你有着怎样的魁梧体魄和强壮力量？端午，你凝聚起一个民族，从历史的那头昂首走到了这头，你施展了何种法术，如此灵验、充满魅力？此刻，我看见了你姗姗而来的脚步，每年的这个时候，你都如约而至。你很亲近也很遥远，很清晰也很模糊。我们每年相聚，你却依然神秘。

我试图弄清楚端午的真实面目，我查阅资料，想了解端午，甚至想亲眼看见端午的音容笑貌。可是历史浩瀚，专家学者们努力在大海里捞针，但浮出水面的"针"其大小、形状、颜色都有所不同。中华民族历史悠久、地域博大，端午在各个时代、各个地域、不同民族所表现出的形态各有精彩。没有人能够确切地向我描述端午的历史与现状，没有人能够说出中华大地上已经演变出多少种端午的节俗，但是我清晰地看到了一个结，一个如拳头大小攥得紧紧的端午情结，扎根于中华民族的心怀，不离不弃、矢志不渝。

我的思绪沿着远古先人开凿的山路，踏着长江黄河汹涌的波涛，循着祖先汗洒血流的踪迹，漫无边际地游走……

端午是一根绳子。远古时代一个崇拜龙图腾的部族，用信念熔铸了缕缕坚韧的丝线，拧成了这根绳子，并与年轮同时增长，跨过日月，穿越千年，延伸着，到了我们手上。这是一根由56股丝线构成，丝线总量达到了13亿的巨大绳子，黄颜色的表层里，包裹着血红的丝线，沸腾着火热的能量，坚韧不拔，牢不可折。我看见了惊天动地的场面，13亿双手正在合力拧绳子，蔚为壮观！

端午是一窖酒。我小心地掀开窖盖，一股醇香，从天籁飘来，沁入我的脾胃，浸润我的心窝。这是一窖酿了数千年的老酒，一个史称百越族的祖先们，用无尽思念、滴滴热血和绵绵深情，酿制了这窖老酒。祖先们双手粗糙却很灵巧，在盖上窖盖的那一刻，是那样虔诚，期待着来年再次开窖洒酒祭祖。不忘祖先，是中华民族的鲜明特征，也是这个民族生生不息的灵魂。来吧，让我们举起杯洒下酒。我突然明白了，酒窖里正发酵孕育着一个感恩的民族。

端午是一艘船。从汨罗江起航，张开鼓胀的风帆，劈波斩浪地驶来。坐在船头的是屈原，他抬头遥望青天，眉宇间写满了忧国的意念；低头吟诵诗篇，续写爱国的壮志情怀。船行驶了数千年，穿越峡谷，蹚过险滩，终于驶入新中国的港湾。春秋战国的百姓们，从汨罗江里救起了屈原，送他坐上了船，并且自愿充当奋力划桨扬帆的水手。朝代更替，薪火不断，划桨扬帆的水手代代相传，直到今天，直到永远。

端午是一部诗卷。诗卷徐徐展开，屈原深情吟诵、悲壮慨叹："亦余心之所善兮，虽九死其犹未悔……路漫漫其修远兮，吾将上下而求索。"苍天回响，大地有声，化作了汨罗江滔滔不绝的波澜，掀起大海漫天翻卷的巨浪。一个美名远扬千百年的诗人，不仅仅因为诗句的美丽，更重要的是因为在他的诗篇里，时刻跳动着一颗爱国之心。

端午是一桌家宴。游子归家了，子女回来了，亲人团聚了。奔着餐桌上的粽子、黄鳝、黄鱼、黄泥蛋、黄瓜、雄黄酒，回家了；奔着对祖先的缅怀、对亲情的思念，回家了。端午节，让奔忙的脚步稍息，将游离的心绪收回。团聚到一起，是为了重温这个久远的传说，是为了延续这个美丽的故事。

端午是一块混凝土。坚石遭风雨侵袭，变成了破碎的石子，变成了蔽日的浮尘，中华民族有过太多这样的苦难教训。端午是凝聚砂石的水泥，将千万颗砂石牢牢黏合凝固，变成了坚不可摧的混凝土。端午——一个民族的传统节日，将13亿人聚拢到一起，让13亿颗心凝结成一块特殊的混凝土，变成了道路、大桥、高楼、大厦……撑起了民族复兴的广阔蓝天！

（刊于 2010 年 6 月 17 日《浙江工人日报》）

深夜，我被万峰骂醒

骂人是不好的现象。从小就听父母和老师教导，说不能骂人，所以我一直讨厌骂人。但是，现在，有一个人经常在半夜里骂人，这个人就是万峰，而我也常在深更半夜时躺在床上看他骂人了。自从听了万峰骂人，我才知道，骂人并不都是可恶的，有些人是需要骂的、是该骂的。

例如，有一天晚上，万峰在节目里接到一个热线电话，是一位女性打进来的，我记下了对话的部分内容：

女："有件事我想问万峰老师。我有个男朋友，我们好了三年多，也同居三年多。现在他跟别的女人好了，我该怎么办？"

万："你今年几岁？你男朋友多大？"

女："我20岁，他比我大7岁。"

万："你今年才20岁，你17岁时就跟男朋友同居了，你好糊涂啊！你要知道，女人在17岁时生理器官的发育还没有完全成熟，你这么早就与男朋友同居了，你的身体是要受伤害的，你将来会容易得病的！"

女："可是现在我男朋友和别人好了，我活不下去了呀。"

万："可是什么呢？（万峰语调提高，火气上来了）他不想与你好了，说明他是不爱你的，或者说他现在不爱你了，这有什么可惜的呢？世上男人又不是就他一个，你才20岁，你急什么呢？"

女："问题是我不能没有他，没有他我真的活不了。"

万："你糊涂，十足的糊涂蛋！（万峰火气难抑，开始骂人）为什么不能没有他呢？没见过你这么糊涂的，你是糊涂蛋。没了男朋友就不能活了？你是为谁活的？你是为别人活的吗？你就那么不值钱吗？"

女："可是……"

万："还可是什么，赶快离开他。留恋什么呢？知道吗，你男朋友是混蛋，是王八蛋，他比你大7岁，在你17岁时就和你睡了，不顾你死活跟你睡，睡的时间长了，没有新鲜感了，就和别的女人好了，完全是个禽兽不如的王八蛋。你倒好，还离不开他了，真是糊涂透顶。你们一个是糊涂蛋，一个是混蛋、王八蛋……"

听到这里，我都想骂人了，这么糊涂的小姑娘是该被骂醒了。对这么糊涂的人，骂她是爱护她。

还有些人是品性恶劣又恬不知耻才遭骂的。

一个男人打进电话向万峰咨询，他家里有老婆孩子，现在又与外面的女人好上了，他该怎么办。

　　万峰停顿了几秒钟,有点语塞的样子,他的眼睛眨得厉害,尽量放低声调问对方:"你真的想知道怎么办吗?"没等对方回话,万峰一拳砸到桌子上,一声惊雷从天而降:"你去死吧!王八蛋!大流氓!你是存心来讨骂呀?你是三岁小孩呀,不知道是非曲直?王八蛋!不知羞耻的东西!"啪,万峰将电话挂了。

　　该骂,从这一刻起我开始喜欢万峰骂人了。

　　对有些人,也许骂他是救他的最有效的办法。万峰骂的,就是那些需要被骂的人。万峰的骂是非鲜明、一针见血、淋漓尽致、痛快及时。骂人,在特定的场合,在特定的人身上,或许会产生独特的作用。

(刊于 2009 年 3 月 8 日《南湖晚报》)

圣诞是啥

今夜平安夜，也有人叫圣诞夜，明天就是圣诞节。

这个我知道，并且已经知道有些年了。在圣诞节这个洋节日流行于中国的头几年，我还真的被蒙在鼓里好长时间，突然发现时，才知道中国人已经时尚到过上洋节日了。

晚饭时收到朋友祝平安夜快乐的短信，我也照葫芦画瓢发出去几条。妻子说："正吃饭呢，你做啥'洋盘'，你知道圣诞是啥吗？"我一愣，圣诞是啥还真的不知道，以前在网上看到过相关的介绍，没记住。我说："圣诞，顾名思义是圣人诞生的意思，由此推理，圣诞节就是圣人诞生的节日了。圣人诞生前要由全体凡人为他祈祷，所以今夜要过平安夜。圣人诞生是件隆重的事，隆重到相当于中国人过春节，平安夜相当于春节前的除夕夜，过平安夜就是吃年夜饭……"我一口气说完，将一口饭含在嘴里好一会。妻子听得瞪大了眼，惊奇地望着我。我说："服了吧？"妻子说："是担心鱼刺卡住你的喉咙。"

我得意自己，竟然胡说八道出这样一个关于"圣诞"的出处，用老土的思维诠释一个红得发紫的洋节日。

别笑我老土。想弄清楚圣诞的真实含义不难，去百度搜一下就一目了然了,可是我提不起精神,懒得做这事,情愿胡乱敲键盘玩一点文字游戏消磨时间。

我相信,像我这样老土的人还有很多,今夜在教堂饭店、酒吧、歌厅、茶室……欢度平安夜的男男女女们,或许也有人不清楚圣诞是啥意思。可是不清楚不要紧,只要清楚自己现在在哪里在干啥就行,团聚了友情、释放了心情、张扬了个性、得到了快乐,才是重要的。

中国人热衷过洋节,开始的时候,有些人担心因此会弱化了中国人的民族精神。后来圣诞节被商家炒得很热,商家们借此机会发了大财,还拉动了零点几个 GDP。那帮轻头拐脑的年轻人,正愁闲着无聊,父母给的钱没地方花呢,于是他们就圣诞狂欢半夜不回家。还有那帮天真的小孩子们,他们听信了漫天飞舞的广告宣传,站在商店门口的圣诞老人前面不肯离去,以为用木头、布条和纸做的圣诞老人真的会从口袋里掏出个红包……后来,中年人、老年人也去轧圣诞闹猛,圣诞节就这样火起来了,圣诞老人成了中国的一个名洋人。

其实,绝大多数中国人过圣诞洋节,并不明白也不想弄明白其含义,就像我不清楚"圣诞是啥"一样。他们只想开一下洋荤,只想在开洋荤的时候多几个伴,只想与同伴在一起的时候放松一下紧张的精神,只想让精神放松以后得到一些身心愉悦……

手机又在震动,是朋友的一条短信:速来 X 茶馆,平安夜喝茶聊天……我跟妻子请假,妻子疑惑。将短信亮于妻子眼前,妻子点头,我泰然走出屋。

　　夜幕网住县城，路灯、霓虹灯，还有汽车射出贼亮贼亮的光柱，它们都想撕破夜的网，可是很无奈，夜幕将网织得很厚实。那些商店门口的圣诞树缠上了一串串闪亮发光的装置，颜色有些迷离，玻璃窗内那些人头晃来晃去，他们正忙着欢度平安夜。还有那些咖啡屋、洗脚馆、按摩室，甚至一条龙服务的浴场、疯狂喊叫的歌厅、又搂又抱的舞池……今夜，又将生出多少悲欢离合？又将演绎多少情感悠长？

　　事出有因。

　　我知道了，圣诞就是吃、喝、玩、乐……借口、理由、幌子、台阶、跳板、渡船……

（刊于 2009 年 12 月 23 日《江阴日报》）

喜忧麻将

周末晚上去朋友陈明家串门，看见他正往身上披一件外套，要出门的样子。坐下，泡一杯绿茶喝着，没聊上几句，陈明有些眼神飘忽，坐立不安，我遂问："有事？""没事没事，约了几个朋友去搓麻将。""哦，那你得去了，免得朋友等你。"我赶紧识相地离座，与他一起下楼。

看着他的车子的转向灯一闪一闪往右拐去，我一个人行走在马路上，想着再去哪个朋友家转转。去哪里呢？林军家？他大概早已去搓麻将了，这家伙坐上麻将桌可以三天三夜不打瞌睡，不知哪来的如此精神。还是去郑一民家吧，与他也好长时间没一起聊天了。不妥，此时郑一民肯定已经不在家了，他们夫妻二人在麻将圈子里小有名气，郑一民输多赢少，他老婆则相反，两人正好取长补短，各自愉悦了身心，家庭财政还保持平衡，只不过郑一民在家里的地位是与日递减了。去王培培家吧。王培培胆子大，不仅喜欢麻将，还玩纸牌，前段时间输掉了半幢房子的钱，老婆正与他闹离婚呢，估计这几天会安心在家。还是不妥，要是正好碰上他们夫妻在争吵，我上门算做啥……我好像走投无路了。

　　黑暗已经彻底罩住了县城，马路上昏黄的路灯将我的身体拉出模糊的黑影在水泥地上蠕动。想当年，我们四人被称为"四剑客"，经常凑在一块，清茶一杯坐而论道，天上地下无所不聊，有灵感时还写点豆腐干文字比比文采。是麻将将我们分化瓦解，他们都爱上了麻将，一杯清茶已经圈不住他们们的心了。

　　作为一项能够圈得住民心的娱乐活动，麻将的发明者一定聪明绝顶，应该给他颁个诺贝尔什么奖。那剩下的不打麻将的人在干啥呢？他们不会也像我一样，走在昏暗的马路上任由路灯将身子拉成长长的黑影吧？不知道。我只知道自己好像与麻将老 K 无缘，会打老 K 却只能连打五六副牌，再打下去会将主牌当副牌出，脑子早已在牌外了。后来时兴麻将了，也想赶时髦，可就是学过就忘，到现在还认不全麻将牌，教过我的师傅说我是榆木脑子。我暗暗怀疑自己的智商是否有问题，后来去乡下老家时听人说，傻子玉观每天晚上去茶馆搓麻将，赢了钱第二天就出手大方买菜吃。我踏实了，号称傻子的人都精于麻将了，看来"榆木脑子"跟智商是不搭界的。

　　解除了智商顾虑，却难解我寂寞之忧。大家都玩麻将老 K 去了，没人与我清茶一杯坐而论道了，我的弟兄们正忙得不亦乐乎、喜笑颜开，而我却走在这条长长的昏暗的马路上，有了孤独的感觉。有朋友送过我一句戏言："年轻时不赌，老来要吃苦。"当时我只回赠他一个微笑，现在似乎感觉到了这话并非戏言，是否真的是一句预言呢？

　　路灯将县城染成了一片昏黄，此刻有人正沉浸于麻将的激奋和喜悦之中，有人却对麻将深恶痛疾、唾骂不止，有人怀揣着关于麻将的丝丝忧愁,有人正在演绎着麻将与人生的离奇故事……

拐弯处,一家棋牌室闪着霓虹,里面传出欢声笑语和一些不堪入耳的话。我走了进去,看见火爆的场面,还有我的许多熟人。麻将牌在桌子中央堆成一个长城的模型状,然后又变成了各人面前的四个"小长城"。他们的手小心翼翼地伸到牌下摸着,然后看也没看就甩到桌面上了,他们的指尖上长眼睛了?一位女士很优雅地夹住一支细细长长的香烟,吐出一团白烟后突然将面前的"长城"推倒:"和了!"一帮人大笑,我也跟着笑,突然觉得无趣:我没看懂,瞎笑啥呢?

赶快退出吧,这里的气氛、温度、味道、笑容……都不适合我。我还是走吧,走自己的路,让别人搓麻将去吧。

(刊于 2009 年 4 月 4 日《清远日报》)

音乐送我一对翅膀

我不会唱歌，但我喜欢听歌，喜欢听能够打动我的心的歌。

虽然我说不出来究竟怎样的歌能够打动我，因为我对音乐知识太缺乏了，缺乏到"五音不全"的程度。但当我邂逅好歌时，心会随之一动。可能事后没记住歌名，更不知是谁唱的，但我会记住心动的一瞬，记住缠绕在我心头的如细雾般的音符。然后回到家里，凭记忆轻轻哼一段被我哼成了不伦不类的旋律，咨询儿子："这首歌的歌名是啥?"儿子大多答不上来。可能因为被我哼跑了调，也可能因为我喜欢听的歌不是他熟悉的。我喜欢的音乐，有点特别，不入我儿子的"流"，不入时下兴风作浪的"流"，我只是静静地喜欢我心底里偏爱的那种"流"。这种喜欢，是不合潮流的。

刚才有网友从 QQ 里发给我一个音乐网址，是一位我不知姓名的演唱者的歌曲以及嘉宾点评的一个视频。这位胖胖的歌手稍有点像刘欢，他唱歌时实在投入，肢体动作、表情、有些颤颤的抖音、从内心深处发出的嘶哑的呼喊，都与歌曲表达的意境融为一体了。

我心为之一动。

　　一位皮肤黑黑、头发花白的嘉宾听得流泪了。他大概是专家吧？我不认识，我一直不关注他们是谁。他说的一番话很有启发："有很多的选秀节目，它们企图让歌手唱各种各样的歌曲，做最潮流的演出，这种举动，已经毁掉了中国很多的音乐人才……"白发嘉宾教导歌手："别人要你唱什么歌，你别管，做你该做的事，唱你该唱的歌，让别人去说，好不好？"其言辞之恳切、情感之真挚、道理之深刻，令我感动，催我警醒。还有一位漂亮的女嘉宾，大概也是专家或有点名气的歌手吧，她也大加赞赏这位歌手的声音"有穿透心灵的能力"。

　　我努力让浮躁的、还在外面游荡的心迅速归家，静下心开始欣赏第二遍，与歌手一起沉入进去，走进歌词表达的情绪里，融入歌声飘扬的意境里……我努力抑制可能"管涌"的情绪，不让一旁的妻子笑话。

　　是一首好听的歌，是一首唱得很好的歌。

　　看来，"五音不全"的我，也有鉴赏音乐的潜质；或者说，我对音乐蛮有悟性。说明我喜欢的音乐，属于高雅的、档次较高的类型，虽然不随潮流、不合时宜。否则，我怎么会与专家们喜欢的一样呢？

　　好听的歌，是从心底里唱出来的，唱出来的是真我与自我。

　　让搔首弄姿、扭屁股拍大腿、眨眼睛抛媚眼、耍狐狸精妖术、装人来疯、玩轻骨头、嗲声嗲气、油腔滑调的歌声和歌手们从我的耳边与眼前走开吧。

　　听歌，不一定听有名气的，但一定要听用真心真情歌唱的。

（刊于 2009 年 11 月 16 日《大江晚报》）

真诚的尴尬

与人相处，真诚为重，可是我的两次真诚竟遭遇尴尬。

第一次是去年夏天，我的表姐和表姐夫两人苦着脸找上门来，原来他们的独生儿子犯了事被公安局铐去了，表姐他们的意思是让我通通关系将他们的儿子从看守所里弄出来。他们以为如今这社会只要花钱是什么事都可以办到的，但他们不清楚，"金钱有时也不是万能的"，更何况遇上我这个没多少路子的家伙。

"想从看守所里弄出来，肯定不行。"我非常认真地说，语气很肯定，这是我基于对法律的理解做出的判断，没有半点虚假。

表姐和表姐夫对视了一下，脸上乌云加重，表姐的头低下了。表姐夫从自己的口袋里摸出一根烟点燃，深吸一口，缓缓吐出一大团烟雾。

我给他们分析法律方面的规定，用我了解到的公安局的工作流程说明这事难办的原因，还用我身边的例子来说明这事既已发生只能等待与配合……总之，我说了很多话，来证明我是真诚的。面对痛苦中的他们，我想将心掏出来放在桌面上，让他们看看是红还是黑，可心是掏不出来的，只能用絮絮叨叨的话代替。

表姐打断了我的话:"村子西面有个小青年去年也被抓去了,后来托人弄出来了。"显然,表姐对我刚才的一番苦口婆心是不接受的,至少是有疑惑的。我的态度让他们失望,我的回答让他们灰心。可我是真诚的,除此之外,我还能做什么?

"或许抓去了是好事。"我这样说,既想宽慰他们,又想表达我真诚的想法,表姐和表姐夫突然盯住了我。"你们的心情可以理解,但对小孩子也不要太宠爱,该受点苦就让他受点苦,只要进去后能改好了,吃点苦没啥,也许坏事变成好事。"

表姐在擦泪了,表姐夫皱紧了眉头,我赶紧把话打住。

后来,表姐的儿子因犯团伙盗窃罪,被判三年有期徒刑。表姐和表姐夫自那天回去后再也没来过我家,他们说我对这事不上心,还幸灾乐祸。没想到我真诚的一番话伤害了他们。

还有一次是今年5月,我的一个乡下邻居拎只放生鸡到我家,说他儿子将在今年7月大专毕业,想去事业单位或企业单位的管理部门上班。我深知当前就业形势艰难,但让我这样无职无权的人帮忙找份满意的工作更是难如上青天。我忍不住又将真心话说了出来:"现在本科生找工作都成问题,大专生大部分单位连看都不看一眼,只能降低要求找工作。"我如实相告,"现在单位进人的事儿卡得太严了,真对不起……"我还想做些说明,可是他已经没了心思听我讲,留下那只放生鸡回去了。

放生鸡的香味很诱人,可我吃着别有味道。我在反思:两次真诚相待,却一次伤了表姐的心,一次被邻居误解,这是为什么?

其实我当时也可以说些安慰的话,表示想想办法再说,将他们焦急的心绪平复了，让他们带着希望回去，然后让时间慢慢消磨他们的期望，最后一切归于平静。可是我做不到，我太急于表达我的"真诚"，而忽视了对方的"真诚"——特殊时间特殊情况下的特殊心理反应。他们带着真诚而来，需要安慰，需要有人伸手帮助，虽然这种帮助结果难料，但他们需要感受到帮助的存在，而我，却将"真诚"变成了一盆"冷水"。

看来，真诚需要恰当的表达方式。

（刊于 2008 年 10 月 16 日《都市时讯》）

踏雪有痕

下了一场大雪，禁不住脚痒，一早步行上班，体味一下久违了的"咔嚓"声。

白雪铺了厚厚一层，将人行道盖得严严实实。一脚踩上去，雪地里蹦出"咔嚓"这种轻微的爽朗、短暂的脆响。鞋子陷入雪里，留下深深的脚印，鞋底的花纹以及品牌名清晰地印在脚窝里了。回头看，一串串脚印，长长的，从远处来，往前方去，深深浅浅、扭扭弯弯……

哦，脚印！

好久没看到自己的脚印了，因为好久没下过像样的雪了。

每天都在走路，或遥远或咫尺，或快走或慢行，或脚步轻松或举步维艰……却只顾埋头走路了，每次回眸只看到拥挤的车流、嘈杂的人群、繁华的街道，忽略了自己走过的脚印。

雪下得好大，让整座城穿上了洁白的衣裳。雪花落到身上，掉落脚印里，脚印将很快被淹没。路上车辆依然如流，车轮像一把锋利的剪刀，将洁白的衣裳剪成无数块，又在白布片上印上难看的车辙。有许多人像我一样踏雪而行，他们也在体味脚底下响着的"咔嚓"声，他们呵着热气各奔东西去了。人生就是这样，奔着各自目标只顾前行，大抵忽略了回眸看看脚印。

早已有人在铲雪了，他们为了同事以及认识或不认识的行人出行方便，甘愿起早释放友爱。路人朝他们微笑，我也朝他们微笑，这样的微笑比微信里点个赞更值得。

予人以善是快乐的，义务铲雪的人们嬉笑着干得欢，他们用如此美丽的方式开启了新一天的美好。

两辆车"吻"了一下，前一辆车的司机指责后一辆车的司机，后一辆车的司机说路滑没刹住车原谅一下算了，前一辆车的司机不肯，凶巴巴地要等交警，路上的车辆因此排起了长队。

我转头看两位争吵的司机而摔了一跤。立刻爬起，拍掉雪，还好，不疼不脏，可留在雪地上我刚刚踩下的一排脚印被压得扭曲变了形。

走路难免会摔跤，摔跤后清晰看见被压歪的脚印还是第一次。

有位老人在穿马路时也摔跤了，欲爬起，在雪地里挣扎。周围至少有三个人快速走向老人，其中一位走得最快的小伙子把老人扶了起来，又挽着老人的臂膀走向马路对面。我的心头突然涌上一阵温暖，小伙子的背影和留在身后的一串脚印渐行渐远却分外明晰。

雪地上被踩出了越来越多的脚印，交叉层叠、弯曲延伸，它们大小不一、形状各异、深浅不同，是人们怀着不一样的心境、不一样的目标，以不一样的行走方式踩踏出来的。等明天太阳出来，雪就会融化，脚印就会消失。

但我知道,只要继续行走,便会留下脚印,不管有形还是无形。

（刊于 2018 年 1 月 29 日《繁荣·梦都笔谈》副刊）

天之大，你让我泪流满面

中午，妹妹和弟弟均打来电话，商议清明节给父母扫墓的事。

深夜，我靠在床头看手机，想给汽车的音乐盒里选几首歌。房间里关了灯，夜黑，妻子搂着跳跳早已入梦，唯有歌声撞击我的心灵。

"妈妈，月光之下，静静的，我想你了……"

哦，《天之大》，歌手演唱得情真意切，深沉悲情的旋律在夜的耳机里回响。

"妈妈，你的怀抱，我一生爱的襁褓，有你晒过的衣服味道。妈妈，月亮之下，有了你，我才有家……"

泪水，从眼眶溢出，禁不住，流成线。

我的妈妈，离开我已整整九年了。

那个深夜，大雪纷飞，那根从我妈鼻子里拔出的氧气管，那块夺走我妈慈祥面容的白布……一切，都在眼前，在黑的夜。

"离别虽半步即是天涯，思念，何必泪眼？爱长长，长过天年，幸福生于会痛的心田……"

夜，特别宁静，歌声，如诉如泣。我的眼前，像在放电影……

妈妈背着我走了几十里路,去碸石镇上给我治咳嗽;

烈日的中午,妈妈去地里割草;

半夜了,妈妈在灯下纺纱线,给我们准备新衣服;

妈妈煎了个荷包蛋,放入搪瓷杯子,让我带去学校吃;

每天天还没亮,妈妈起床烧粥,从粥里出捞米粒,给我蒸一碗米饭;

那年酷热,妈妈去采桑叶,血压升高,倒在地里好久才爬起来,坚持将桑叶背回了家;

半夜了,番薯烧熟了,妈妈叫醒我,问我想吃吗……

"天之大,唯有你的爱,是完美无瑕……"

任泪水,滴落。

妈,你为什么走了呢? 有好多好吃的东西,你还没吃呢;有好多好玩的地方,我还来不及带你去啊。

"天之涯,记得你用心传话。天之大……"

天之大! 父母,就是天;父爱母爱,大于天。

在清明节临近的日子里,两个电话一首歌,勾起我对父母的深深怀念。愿我的父母在天快乐,愿所有健在的父母安享晚年,愿所有还拥有父母的子女,千万千万挤点时间花点精力,善待父母。

妈妈,我想你了!

(刊于 2017 年 3 月 28 日《嘉兴日报·绮园》副刊)

两根白头发

妻子对我说："你有两根白头发。"

妻子说这话时，我正舒服得想迷糊入睡，眼前隐约出现两人牵手走在夕阳里，金黄的树叶一片片飘落，掉在我俩脚下，我们就这样慢慢走向远方……

妻子又说："真的发现你有两根白头发。"

我醒了。我说："我俩刚才去了远方。"

人一生下来，就注定要朝一个方向走，要去很远很远的地方，那个地方叫"远方"。

那年我还满头黑发的时候，读余华的小说《十八岁出远门》。看到标题，就想到了那个"远方"。十八岁出远门，他会历经风险与磨难，品尝艰辛与快乐，他会有属于他的历程，但最终的最终，还是要走向那个"远方"。

曾经对朋友开玩笑说，要是试着去一次"远方"再回来，就清楚"远方"是怎么回事了。可这事无法试，世上还没有人试过，或者说没人试成功过，所以最终没有答案。

于是，我想到来时的路。来时的路我经历了，所以大多还记得。自从我妈生下我，我便成了这条路上一颗小小的籽。

籽在风尘里飘移,在雨露中落地,在阳光下生根,在晨曦里发芽……

我们走在路上。我们都像一颗籽。

人生就是这样。飘移、落地、生根、发芽,还有后来的开花、结果,以至未来的叶落、衰败、腐朽……

在路上,快乐相伴,烦恼相随。最终,都将走向远方。

我快乐吗? 你快乐吗?

有哲人说:快乐是自己找的。四十岁前我没理解,四十岁后我懂了。

后来,我也常对朋友说:"快乐是自己找的。"那时候,我的朋友们大多未满四十周岁。如今,他们大多已过四十周岁。

如今,你懂了吗?

我有两根白头发了。妻子有些惊讶,还有些担心。

我懂妻子,她是舍不得我,她也想到了"远方",她是不让我去那个地方,她愿意与我一直待在这个地方。我们现在待的这个地方,叫"当下"。

当然啦,我也不愿去"远方"。只是,我们迟早都得去那个地方。不管是穷的富的、贵的贱的、洋的土的,都得去那个地方,这是自然规律。所以,别忌讳说那个地方。

站在当下,朝前望,是远方;回头望,是来时的路。

当下,是双脚正踩着的地方,一个踏踏实实的地方。在这个地方,可以说很多话,做很多事,可以找到很多快乐,品尝幸福的滋味。当然,也难免体验烦恼与艰难。

人生路上,最重要的是珍惜当下,走好脚下每一步路,努力创造辉煌的快乐、惬意的快乐、和谐的快乐。

（刊于 2018 年 5 月 29 日《嘉兴日报·绮园》副刊）

老 吗

不知道从哪天开始,我的耳边开始有"老"字称呼了。后来又发现,出去聚餐,瞄一眼同桌,他们都比我年轻,席间说起年龄,十有八九我是老大——年龄上的老大。

老叶……

他们笑嘻嘻地朝我点着头,分明是尊称我。我也点点头,还给他们一个微笑,心头却泛起酸酸的味道,感觉不爽。

我才五十来岁,老了?当年像他们这般年纪时,我从来没在意过这个"老"字,如今为何对"老"字如此敏感?

或许我真老了,或者快老了?不管怎样,我是被"老"字缠身,与"老"字扯不断关系了。

唉……

妻子问:叹什么气啊?我说:我老吗?妻子疑惑:发什么神经!我追问:我不老?妻子说:人哪有不老的呀……

我苦笑了一下,打开电视看《非诚勿扰》。

有一日,校长朋友请一帮退休老师吃饭,也请我过去作陪。走进包厢,一桌退休老师正起着哄,主题是谁老了、谁瘦了、谁一点没老、谁胖了。他们高声说话时,全白或花白的头发有节奏地颤动,像簇簇枯草在风中摇摆。校长朋友向我介绍各位退休老师,又将我介绍给他们。于是,满桌子老人一个个叫我"小叶",我应接不暇,频频点头,微笑回应。那顿酒,我喝了好多。老教师们一个个站起来要与我喝酒,嘴里不停地叫我小叶,我不想喝的心顷刻被软化,于是仰起脖,咕嘟咕嘟喝下去,然后左手捋下巴,右手扬酒杯:干了!

校长朋友说:你今天厉害啊。我说:我还年轻呀!

年轻的感觉真好。

在一群老人面前,我真的很年轻。可是,我在一天天变老,我在年轻人面前已成为"准老人"。

我们都会一天天走向老,没过几年,我们就会像他们这样老,或者更老。

老是自然现象,纵有金山银山,都买不回曾经的年轻。所以,应坦然面对老,然后努力使自己的心理不老。

近日有 Q 友邀我参加腾讯网一个测试心理年龄的游戏,我在经过了数十个题目的拷问后,测出的心理年龄只有 25 岁。25岁哪,那年我在一个单位工作刚满两年,被上级任命了一个带"长"的职务,眼前呈现一条无限美好的人生之路。时光匆匆,当年不再,我老了。亲爱的腾讯说我只有 25 岁,腾讯真是我的知音。

可要是真老了却死不承认自己老了,甚至发嗲说自己年轻着,就有点"老轻头"了。我欣赏一位网友说过的一句话:"老了就是老了,好好休养生息,不要跟年轻人过不去,不要为鸡毛蒜皮、蝇头小利争个你死我活,不要不改年轻时落下来的不良习惯……"

愿共勉。

（刊于 2018 年 7 月 24 日《嘉兴日报·绮园》副刊）

回忆是很美好的

有人说，爱回忆是人老了的标志。

那天丈母娘大老远赶来，插上红烛，给我祝寿。我在缭绕的烟雾里突然看见母亲背着我往海宁硖石镇走去。那年我才四岁，因为咳嗽不止，听说海宁中医院儿科很灵，母亲就背着我步行三十多公里去治病……

烛油流淌、香烟袅袅，心不禁颤抖。母亲，就如燃烧不止的红烛，为带给子女光明，不停地燃烧自己。那一刻，沉入我心底的这段往事突然浮上心头。

二十多年来，我常常沉浸在回忆里。

三十来岁时经历有限，回忆的内容不多。四十多岁了，经历过曲折，耳闻目睹的事多了，回忆的内容也丰富了。五十岁后，回忆特别喜欢回到童年，遥远年代里的那些故事和细节越来越清晰。

回忆随时随地，内容有悲有喜。看见别人少了颗牙齿，我回想数年前拔牙齿时，那个尖嘴巴医生将一把闪着寒光的钳子伸向我嘴里；儿子过生日吹蜡烛时，我突然想起了妻子生儿子那天晚上的紧张与激动；看见邻居大妈买回一袋慈姑，就回想起四十年前,我偷吃家里那碗肉烧慈姑,忽然被从窗口探头进来的一个人惊吓,慈姑滚落在地……

回忆,像影子一样随着我,像风一样追着我,像雾一样缠绕我,像阳光一样照耀我。

一日,我去菜场买鱼。一条鲫鱼从水里被捞上来时,鱼肚上的鳞片闪闪发亮,我想起小时候跟着堂哥深夜捉鲫鱼,那条鲫鱼也有这么大,鳞片也闪着亮光。

有一日,一张纺车老照片触动了我。这辆纺车与当年母亲用的纺车一模一样。夜深人静了,所有的人都睡了,母亲还在煤油灯下纺纱线,绵长的嗡嗡声像母亲在哼唱摇篮曲,那根抽不完的纱线是绵绵不绝的母爱。于是我伏案敲键盘,写下回忆散文《母亲在哼唱》。

晚上浏览网页,看到某大学食堂每天倒掉的米饭有上百斤,我脑子里出现了父亲吃饭的情景。那天我跟着父亲在饭店点了一盆肉丝豆腐羹和两碗米饭,我剩下半碗吃不下了。父亲吃饱了,但舍不得倒掉剩饭,就死撑着吃下去。当时我不理解,暗暗埋怨父亲吃不下何必死撑,长大后才知道,从小饿惯了肚子的父亲,是惜粮如命啊!

回忆,为我带来快乐,给我送来温暖,帮我唤醒良知。

如果,回忆真是人老了的标志,那么,我情愿让自己老了。因为,回忆是很美好的。

(刊于 2018 年 7 月 26 日《扬中日报·文苑》副刊)

生　日

　　生日对于小孩子来说是好玩、开心的一天。当合上课本走出教室，带着向日葵一样的笑脸去吃肯德基、吹生日蜡烛的时候，他们还不知道，今天翻开了人生课本的又一页，课本里写满了阳光、彩虹，还有风雨。

　　年轻人过生日，感受的是气氛，兴奋的是对未来的憧憬。带上好友，找一处惬意的地方，这地方不在于豪华，只需要时尚。他们窃窃私语，沉浸在来日方长的设想中。生日对于他们来说，是一杯热气腾腾的咖啡。

　　中年人过生日，只要想起自己生于何年何月何日，就已经感受到过生日的气氛，体味到生日的滋味了。不需要仪式，只需要一个念想，一份内心深处对家人的诚挚祝福，家人的平安与快乐是他最大的快乐。生日对于他们，是重新出发前一杯饯行的酒。

　　一个男人或丈夫，自从有了人生另一半的她后，就变得成熟了，开始担负责任，懂得担当，知道什么该做，什么需要收敛。等到她过生日的那一天，他会说"生日快乐"，但他清楚生日快乐不能停留在精神上，还需要物质的支撑。人生就是这样现实，它不让你空想，而鼓励你敢闯，当你闯出一方自己的天地时，无论这方天地大或小,你只需折小小的一角送给她,她就会捧在手上贴在心头,笑脸如鲜花一样。

作为父亲,自从孩子有了第一个生日,他就要着手给孩子准备生日礼物了。父亲的忙碌像一列奔向远方的列车,孩子每年的生日就是沿路的一个站点,父亲会在孩子生日这一天停靠片刻,卸下准备好的生日礼物,然后再出发。父母们都希望给自己的孩子尽可能丰厚的生日礼物,于是就四处打拼、日夜辛劳,在风雨里前行。

作为儿子,我小的时候常常缠着父母买生日礼物,长大了才发现,生日原来是一页页厚重的账簿,上面记满了父母操劳的汗滴、养育的心血。当翻开这本账簿的时候,我看见自己的双肩上,正在一头挑着赡养父母的担子,另一头挑着抚养孩子的重任。

生日,是生命旅程里的又一次出发的仪式。

(刊于 2018 年 6 月 22 日《南湖晚报·杂的文》副刊)

想入非非

人长个脑子是用来思想的。所以,我理解自己的想入非非。

我爸病重的时候,带他四处求医,我回到家里后精神疲劳,便倒在床上躺会。闭着眼睛,脑子里全是我爸的形象:想起了小时候看到爸爸辛勤劳动的场面,那些汗珠子大得像一颗颗黄豆;想起我爸从街上买回一只麻球给我吃,他自己舔着沾在手指上的几粒白芝麻,笑嘻嘻说真香……眼泪止不住流淌。

去年有人买彩票中了三千万,悄悄取了奖金溜回老家。朋友说此事时,我在脑子里已将三千万元占为己有。从来没有过这么多钱啊,连想都没敢想过,得了三千万该怎么花? 请客是一定的。单位同事得请,不管熟悉的不熟悉的,皆大欢喜吧。所有亲戚要请的,远的近的全叫上。邻居要请的,街上邻居乡下邻居,一个都不能少。还有同学、朋友,还有……哦,要请的人太多了,得先拟个名单,别漏掉了谁。仅仅请客还不够,还得送些钱,给近些的亲戚每家10万吧,给乡下邻居每家1万吧。再买几幢别墅,分别给我自己家,给我弟弟家、妻弟家、妹妹家,每家一幢,让我们住在同一个小区里……越想越兴奋,唉,一只空心汤圆。

可能脑子里哪根筋上拴了只风筝,经常飘来飘去。

　　有一次我开摩托车回乡下,车上载着妻子。一路开着,看到有个农民拉着劳动车吃力地前行,我就止不住想开去了。想到原先我家里也有这样一辆劳动车,我用它从田头拉稻谷回家,那天装了满满一车,我一人拉着,上坡时车到中途拉不上去,眼看要往后退了,如果退下去,车翻谷撒是难免了。急啊,我使劲用力挺住,我要将车往上拉,车子要往下滑,我与车子僵持着。忽然感觉轻松了许多,我顺势用力,将车拉上了公路。回头看,堂叔朝我微笑……突然,摩托车开进了路旁边的杉树林里,车头撞上了一根树干。我吓得清醒了,妻子吓得哇哇叫。好危险哪,好在车速很慢,否则后果就严重了。

　　有一日,我的左小腿和右小腿对应的位置分别长出两块红色的斑,越挠越痒,红斑越来越厚。去皮肤科看,医生说是神经性皮炎。用了药,几天后好转了。一个月后复发,再去找医生,医生说:“心思重的人容易得这病。”

　　妻子担心:“怎么老是瞎想,是不是去看看医生啊?”我说不需要,我确认这不是病。

　　我没病,可是我又忍不住想入非非了:我这样会不会想出神经病来啊? 我这样是不是可以避免得老年痴呆症啊? ……

　　唉,我这想入非非的毛病。

(刊于 2018 年 10 月 2 日《今晚报·今》副刊)

想念桃花

友人相约去凤桥三星看桃花。一听见"桃花"，心便"扑"地动了一下，泛起对桃花的思念。

思念桃花，已有两年。

也是这个时节，因嘉兴作协一个笔会活动邀请，我赴凤桥，走进三星，融入桃林，谋面桃花。三星桃花，以她特有的娇美，向我微微含笑，频频点头。

那天的春日特别娇艳，春风特别和暖。我盯住桃花，想看清她的容颜。桃花含情脉脉，随风舒展，飘落片片花瓣，栖于我的裤管、鞋尖。我轻轻一掸，花瓣落入草丛、泥土，悄无声息。我轻轻地走了，没带走一片花瓣。

两年后，我将再赴凤桥，再入三星，再融桃林，再会桃花。桃花，你还美若当初、艳如当初吗？

去年今日此门中，
人面桃花相映红。
人面不知何处去，
桃花依旧笑春风。

　　忽然想起唐代诗人崔护这首情意真挚的抒情诗《题都城南庄》。当年崔护考进士未中,清明节独游长安城郊南庄,走到一处桃花盛开的农家门前,一位秀美的姑娘出来热情接待了他,彼此留下了难忘的印象。第二年清明节崔护再来时,只见院门紧闭,姑娘不知去了何处,只有桃花依旧迎着春风盛开⋯⋯

　　不知崔护先生若再见桃花,会做何感想?

　　春日桃花万千开,三星桃花独娇艳。

　　此刻,禁不住思念桃花,欲见"桃花依旧笑春风"。

(刊于 2010 年 6 月 10 日《辽宁日报》)

一座丰碑

那天，我站在这里，仰望着你。

我不知道你祖籍哪里，也不知道你姓名，更不知道你喜欢吃什么、爱好玩什么。你没机会吃到喜欢吃的，没时间玩到你想玩的，你已在这里长眠了66年，与青山作伴，与星空对话。你将这里当成了你的家乡，将荆山当成了家，将这里的乡亲当成了家人。

那天，我站在这里，想象着你。

1945年9月底，新四军浙东纵队遵照中央指示，离开了坚守八年之久的四明山根据地，横渡杭州湾北撤。10月4日打响澉浦突围战，何克希司令员率领部队在海盐县澉浦南北湖外黄塘关海滩登陆。当时，国民党军队已经占领了澉浦城四周山头，形成包围之势。面对十倍于己的敌人，何克希司令员指挥部队抢占澉浦城，傍晚时分在扇子山、隐马山等地激战，投入了所有的兵力，打光了两百发平时不舍得用的炮弹，与国民党军队反复争夺高地，战斗一直从早晨打到晚上，很惨烈。至午夜，在当地地下党组织和群众的支援下，由当地一农妇做向导，何克希司令员摸黑带领部队绕过敌人岗哨，胜利突出重围，经三官堂、泾塘桥,在三环洞和欤城渡过了盐平塘河,到达嘉兴新篁。后又经奉贤县(今属上海市)渡黄浦江到青浦县(今属上海市)继续北撤,11月中旬到达江苏涟水县,完成北撤任务。

新四军北撤澉浦背水一战,有二百二十三名新四军指战员壮烈牺牲。为缅怀革命先烈,1984年10月,海盐县人民政府在南北湖风景区荆山山顶建成了这座新四军北撤澉浦之战纪念碑。

我想象着,那天你是如何英勇战斗,顽强拼敌的。我没有经历过战争,因此我的想象总是与战争电影里的某个镜头挂上钩;我生长在和平安宁的年代,所以我的想象总是缺少残酷的硝烟与火药味。

我在山下找到了当年帮助新四军北撤,今年已九十二岁高龄的老奶奶。说起那场战斗,老奶奶记忆犹新。"枪声像炒沙豆,乒乒乓乓。当时的场面你们没有见过,子弹就打在我们头顶上、脚边上……他们背过来一个伤员,我把他驮在身上,双手双脚在地上一点一点往下爬。我嘴里一直喊,土地公公,我驮的是好人,你保佑保佑。爬到山脚下一个坑里,一点力气都没有了……"回忆往事,老奶奶激动得气喘吁吁,接不上话,竖起拇指夸新四军战士。

听到了吗?老奶奶在夸你呢。当年你那么年轻,为了祖国解放,为了我们今日的幸福生活,早早地献出了宝贵生命。

那天,我站在这里,缅怀着你。

有一位老人,颤颤巍巍地把一束鲜花放在纪念碑前,嘴里默念着:"同志们,我来看你们啦!"他是当年参加澉浦之战的新四军浙东纵队战士、今年 85 岁的老人邹一川。与他同行的六位老同志，都是新四军北撤澉浦之战的幸存者，年纪最小的八十，最大的已经九十一了，清明时节他们相约前来缅怀战友。六位老战士在纪念碑前鞠躬、脱帽、献花。

"那天，有二百二十三位同志牺牲了。二百二十三位哪……想起来就心痛。"邹一川老人眼眶湿润了。"他们的鲜血换来了我们的今天，我们幸福了，他们却已经走了……"老人对我说着，潸然泪下。

我怦然心动，眼前矗立一座丰碑。

那些牺牲的和活着的、曾经为祖国解放浴血奋战的英雄们，用血肉铸成了这座丰碑，用生命换来了大好河山。而我们，正在享受着这片河山带来的安康生活。

那天，我站在这里，凝视着你。

你巍峨挺拔，屹立于荆山山顶，像一位英俊的小伙子，日夜守护着荆山。哦，你本来就是小伙子，当年，你才二十来岁，甚至没到二十岁，该是爹妈呵护、疼爱着的年龄。但你背负起一个民族的使命去远行，稚嫩的双肩挑起了人民的幸福安宁。

荆山丛丛茂盛的绿树环抱着你，荆山朵朵盛开的山花簇拥着你，荆山翩翩飞舞、丽音婉转的山鸟歌唱着你，荆山旁南北湖不息的涛声呼唤着你……

你，屹立于人民心里！

那天，我站在这里，崇敬着你。

（刊于 2015 年 4 月 8 日《嘉兴日报·绮园》副刊）